Die Salva-Töchter

Band 1

AF239405

VERBOTEN

Impressum:

Deutsche Erstausgabe November 2024
Alle Rechte am Werk liegen beim Autor
Copyright@ Jaliah J., Berlin

Die Salva-Töchter
Band 1
VERBOTEN

Lektorat: Günter Bast
Cover/Bildgestaltung:
Acelya Soylu von Buchcover_design
Das Cover wurde mit Bildern von
www.freepik.de erstellt
Bookart Minchen

© 2024
Verlag: BoD · Books on Demand GmbH, In de Tarpen 42,
22848 Norderstedt
Druck: Libri Plureos GmbH, Friedensallee 273, 22763 Hamburg.

ISBN 978-3-7693-0142-7

www.jaliahj.de
Instagram: jaliahj_official

Die Salva-Töchter

VERBOTEN

Band 1

Jaliah J.

Hinweis

Dieses Buch enthält explizite erotische Szenen und zählt zum Genre des Mafiaromans, in dem kriminelle Machenschaften eine Rolle spielen.

Bitte beachte diese Inhalte, falls du empfindlich auf solche Themen reagierst.

Ich wünsche euch viel Spaß mit den Salva-Töchtern.

Für dich, die Person, die dieses Buch in den Händen hält und damit Teil dieser wunderbaren Geschichte wird.

Vorgeschichte

In unserer Welt gab und gibt es schon immer die Schatten der kriminellen Unterwelt, die sich über alle Kontinente, Reiche und Kulturen erstreckt.

Mal liegen sie mehr im Verborgenen, manchmal regieren diese Kräfte ganze Länder. Man nennt sie Familia, die Mafia, Clans, Syndikate, Kartelle, es gibt viele Namen für sie, die meist hinter vorgehaltener Hand ehrfürchtig geflüstert werden, doch sie haben alle dieselbe Bedeutung. Sie leben im größten Reichtum oder in den heruntergekommensten Slums. Und doch eint sie alle gewisse Strukturen, Lebensweisen, Geschäfte, die vor allem für die Unterwelt der Menschen gedacht sind.

So skrupellos und brutal sie teilweise auch sind, gibt es auch unter und zwischen ihnen Regeln. Gesetze, die eine gewisse Rangordnung in dieser Parallelwelt halten und die dafür sorgen, dass sie alle in Koexistenz leben können, ohne dass sie sich ständig in die Quere kommen.

Natürlich halten sich immer mal einige Kartelle nicht daran, testen die Grenzen aus und entfachen ein Feuer. Es herrschen teilweise jahrelange Feindschaften unter ihnen, doch niemals war es so schlimm wie vor einigen Jahren, als sich in Puerto

Rico das dort herrschende Salva-Kartell zum Ziel gemacht hat, das alleinherrschende Kartell zu werden.

Ihr Anführer Hector 'El Patron' hat sich mit einer davor nie dagewesenen Brutalität immer mehr Einfluss in Südamerika geschaffen. Unter seinem Befehl wurden ganze Führungen anderer Kartelle niedergemetzelt, ganze Landstriche in Schutt und Asche gelegt, Frauen und Kinder verschleppt und entführt, nur um jedes weitere Land auf ihrem Weg unter seine Macht zu stellen. Obwohl er einige Male ermahnt wurde, sich an die Regeln zu halten, reagierte er nicht. Aus den engsten Kreisen war zu hören, dass der Wahnsinn schon lange an Hectors paranoider Seele gefressen hatte. Niemand hat es gewagt, ihm Einhalt zu gebieten. Seine Brutalität und Unberechenbarkeit stieg von Tag zu Tag, bis Teile Südamerikas immer mehr zu einem grausamen Schlachtfeld wurden.

Die drei mächtigsten Mafiaanführer der Welt erhoben sich, um diesem Treiben ein Ende zu setzen: Vito Da Luca aus Italien, der Anführer der berüchtigten 'Sacra Notte Mafia', Aurel Morales, der Kopf des gefürchteten Guerra-Kartells aus Mexiko und Kaito Seinura aus der geheimnisvollen Seinura Mafia aus Japan. Ihre Reiche sind so unterschiedlich wie die Kulturen, aus denen sie stammen, doch eine tiefe Abscheu gegen Verrat und ihre Pflicht zur Einhaltung der Regeln innerhalb dieser dunklen Welt, in der sie alle sich bewegen, vereinte sie zu der Mission, Hector und all seinen Männern endgültig Einhalt zu gebieten und Ruhe in diese Region zu bringen.

Der Versuch des Salva-Kartells, unter Führung von Hector die Machtbalance zwischen den Syndikaten zu zerstören, wurde innerhalb weniger Tage und mit aller Macht, die diese drei

10

tödlichen Kartelle zusammen aufbringen konnten, dem Erdboden gleichgemacht.

Die drei Anführer, die sonst kaum etwas gemein haben, haben sich zusammengetan und innerhalb weniger Tage alles zerstört, was die Mara Salva aufgebaut hatte. Sie waren gründlich: Alle Geschäfte, alle Reichtümer, jedes Haus, es wurde alles zerstört, ihre Verstecke niedergebrannt, alle Verbündeten und Mitglieder getötet. Die Erde und all der Reichtum wurden unter den Füßen dieser drei Anführer zu einem kargen, verbrannten Schlachtfeld.

Als auch noch das letzte Versteck, der Hauptsitz des Salva-Kartells fiel, gingen sie gemeinsam durch die rauchgeschwängerten Ruinen des einst so glanzvollen Anwesens. Sie haben während der Kämpfe immer wieder mit eigenen Augen den Wahnsinn gesehen, dem Hector verfallen war. Diesem Mann war alles zuzutrauen, deswegen sahen sie selbst sich noch einmal in diesen Ruinen um, um auch ganz sicherzustellen, dass nichts mehr von den Mara Salva übrig war, dass es nicht auch nur eine winzige übersehene Glut gab, die nach ihrer Abreise wieder aufglimmen konnte.

Die Kälte ihres eigenen Erfolges hat jede noch so kleine Glut gelöscht, glaubten sie, bis sie in einer kleinen Nische im Keller etwas fanden, das ihr Vorhaben für einen Moment unterbrach.

Es gab weit über die Grenzen Puerto Ricos hinaus Gerüchte, dass Hector seit geraumer Zeit versucht, einen Erben auf die Welt zu setzen. Ihm war sein Wahnsinn wahrscheinlich bewusst und er war versessen darauf, einen Sohn zu bekommen, der all das fortführen sollte. Soweit man gehört hat, hat er sich jedes Mal eine andere Frau genommen, und sobald sie ihm nur ein Mädchen geboren hat, hat er sie töten und austauschen lassen.

Keiner dieser drei mächtigen Männer hat damit gerechnet, dass eben diese Mädchen, die sich bei ihrem Angriff offenbar hier unten versteckt hatten, noch am Leben sind. Ein Blick auf die Mädchen genügt, um zu erkennen, dass die Gerüchte um die vielen Frauen stimmen. Vor ihnen steht ein Mädchen, das nicht älter als fünf sein kann. Lange dunkle Haare umrahmen ihr Gesicht und sie sieht ihnen aus ängstlichen großen Augen entgegen. Sie hat goldbraune Haut und grüne Augen. Ihre Schwester, die höchstens zwei sein kann und fest ihre Hand umklammert, hat dagegen sehr helle Haut, hellbraune Locken, die sie zu zwei Zöpfen trägt und sie aus dunklen großen Augen eher neugierig ansieht. Von dem Baby, das im Arm der Ältesten mit den grünen Augen in einer rosafarbenen Decke eingehüllt liegt, kann man nur schwarze Haare erkennen.

Die drei Anführer haben mit allem gerechnet, sie waren auf alles vorbereitet, was sie hier hätten treffen können, doch nicht auf diese drei kleinen Mädchen, die einzigen Überlebenden der Salva-Dynastie, noch zu unschuldig, um sie dafür zu bestrafen.

Diese Kinder sind der letzte Atemzug einer zerstörten Ära, unschuldig und doch in das Erbe ihres wahnsinnigen Vaters hineingeboren.

12

Eine Weile herrschte Schweigen unter den drei Anführern, sie schickten alle ihre Männer weg. Es sollte keine Zeugen für ihre Entscheidung geben.

Da Luca meldete sich als Erstes zu Wort und schlug vor, die Mädchen als lebende Mahnmale mitzunehmen, damit sie sicherstellen, dass das, was von der Salva-Dynastie noch da ist, unter Kontrolle ist. Aurel Morales' Worte waren sogar noch schärfer. Er wollte die Mädchen als Warnung halten, um zu zeigen, dass Verrat niemals ungestraft bleiben würde und als ständige Erinnerung daran, was für eine Zerstörung einem blüht, wenn man das vergessen sollte.

Kaito Senura blieb ruhig, auch hier zeigte sich wieder, wie verschieden sie waren, und doch nahm jeder von ihnen ein Mädchen mit in seine Heimat.

Diese Mädchen wuchsen im Schatten des Grauens ihrer Familie auf. Als Erben eines Schicksals, das sie niemals gewählt hatten.

Sie ahnten nicht, dass sie, diese drei kleinen Mädchen, die Welt der Kartelle und Schatten verändern werden – genau wie die Herzen der Männer, die sie mitgenommen hatten, und der Männer, denen sie in ihrem Leben noch begegnen werden.

Leano

Mein Blick gleitet über das graue Anwesen mitten in den Bergen Italiens. Jedes Mal, wenn ich hier ankomme, ist es wie eine kleine Zeitreise in die Vergangenheit. Als wären all die letzten Jahrzehnte der technischen Errungenschaften niemals gewesen.

»Alter, der Flug war ja schon beschissen, doch wenn du Auto fährst, ist man danach für ein paar Tage krank.« Mein jüngerer Bruder Tizian steigt noch vor meinem Cousin Dante aus dem Auto hinter uns. Im Rückspiegel habe ich die gesamte Fahrt beobachtet, die Dante wahrscheinlich bewusst wie ein Verrückter über die engen Wege durch das Gebirge hinter uns hergerast ist. Er liebt es, Tizian zur Weißglut zu treiben, das Grinsen in Dantes Gesicht bestätigt mir, dass meine Vermutung stimmt.

Auch Adam, mein bester Freund und engster Vertrauter, steigt nun vom Beifahrersitz aus. Er hat die Fahrt über geschlafen. Wir sind aus Kalabrien hergeflogen, doch die letzte Stunde kann man nur mit dem Auto zurücklegen und das auch nicht so einfach.

Noch ein weiteres Auto kommt angefahren. Ich habe die wichtigsten Männer bei mir, da ich mir sicher bin, dass wir gleich zu einem neuen wichtigen Auftrag aufbrechen werden.

Mein Onkel ruft mich selten zu sich. Er kommt eher zu uns oder trifft uns irgendwo zwischen unseren Terminen, doch das letzte Jahr hat er sich meistens hier aufgehalten, und dass er mich jetzt zu sich kommen lässt, bedeutet, dass etwas Wichtiges ansteht.

Dante lacht nur leise, während mein Bruder ihn scharf angeht. Adam streckt sich und sieht genau wie ich zu dem Gebäude, das mal eine alte Burg war. Im Grunde ist es das immer noch, natürlich wurde einiges getan, doch die Zimmer wirken noch immer, als würden wir uns im Mittelalter befinden. Mein Onkel liebt es hier. Kühe und Schafe grasen auf den grünen Wiesen vor der Burg, einige unserer Männer stehen zur Sicherheit vor dem Eingang, obwohl hier nichts passiert. Er könnte allen Luxus der Welt haben, doch wenn er es frei entscheiden kann, kommt mein Onkel immer hierher.

Ich schnipse meine Zigarette weg und gehe an den Männern vor der Burg vorbei, die anderen folgen mir. Auch wenn ich die Männer, die hier bei meinem Onkel sind und zu seinen wichtigsten Vertrauten zählen, alle schon mein halbes Leben kenne, nicken sie mir respektvoll zu und erst bei meinem Bru-

der und den anderen lassen sie ein paar Sprüche ab und begrüßen sie richtig. Auch daran habe ich mich gewöhnt. Es war
mal anders, ich war genau wie sie alle, bis mein Onkel zu meinem achtzehnten Geburtstag allen eröffnet hat, dass ich sein
offizieller Nachfolger werde. Er hat keine Söhne. Mein Vater,
der leider schon vor einer Weile getötet wurde, war sein einziger Bruder, die beiden waren unzertrennlich und es war selbstverständlich, dass er meinen Bruder und mich wie seine eigenen Söhne großzieht, als mein Vater es nicht mehr konnte.

Alle haben damit gerechnet, dass ich eines Tages seine
Nachfolge antrete. Schon viel früher habe ich angefangen, die
Geschäfte zu leiten und tue es bis heute. Wichtige Entscheidungen treffe ich mit ihm zusammen, ansonsten habe ich freie
Hand und das ist auch der Grund, wieso alle respektvoll aufsehen, als ich den großen Innenhof der alten Burg betrete. Sogar
Pferde stehen hier herum, mein Onkel hat echt zu viele Ritter-
filme gesehen. Gerade erst war ich in Kalabrien in einer unserer Villen am Strand und nun laufe ich über diese alten Steine.

Italien liegt in unserer Hand. Wir sind die Sacra Notte,
allein bei dem Namen senken alle den Blick. Wir beherrschen
ganz Italien und weitere Teile Europas, reisen durch das Land,
haben in ganz Italien mehrere Häuser verteilt und leben in den
teuersten Hotels, doch mein Onkel lebt gerne wie im Mittelalter. Nur dank mir gibt es mittlerweile Warmwasser hier, nicht
einmal das war ihm wichtig.

Gerade als ich durch die große ovale Holztür ins Innere
gelange, kommt mir Remo, einer der engsten Vertrauten meines Onkels, entgegen. Ich habe ihn eine Weile nicht mehr
gesehen, ich könnte schwören, der Bauch über seiner grauen

Anzughose ist noch umfangreicher und sein weißes Haar noch lichter geworden, doch das Grinsen in seinem Gesicht ist noch immer das gleiche.

»Leano, wie schön, dich zu sehen. Dein Onkel erwartet dich bereits. Wo sind dein Bruder und die anderen Chaoten?« Er umarmt mich väterlich und gibt mir einen Kuss auf die Wange. »Ich schätze, die sind noch auf dem Hof, worum geht es, was gibt es so Dringendes?« Remo geht weiter und klopft mir dabei freundschaftlich auf die Schulter.

»Wenn ich das wüsste, würde ich es dir sagen, aber diese Sache will er nur mit dir besprechen.« Remo geht hinaus auf den Hof, während ich die schweren Steinstufen mit dem roten Teppich hochgehe. Es scheint etwas … »Da bist du ja …« Gerade als ich die oberste Stufe erreicht habe, werde ich von zarten Frauenhänden am Arm gepackt und in eine kleine Nische zwischen der Treppe und der ersten Tür gezogen.

Maria, die Tochter der Köchin meines Onkels strahlt mich an und legt ihre Arme um meinen Hals. Auch wenn das Tageslicht nur schwach hier hereinfällt, erkenne ich das vertraute Glitzern in ihren blauen Augen. Ihre Augen funkeln vor Verlangen, während ihre Hände meine Schultern fest umklammern. »Ich habe dich vermisst«, flüstert sie mit belegter Stimme, und ich ziehe die Augenbrauen hoch.

»Du solltest vorsichtiger sein, einen Mann mit Waffe sollte man nicht überraschen.« Immer wenn ich meinen Onkel treffe, ist auch Maria dabei. Mein Onkel lässt nicht viele Menschen in seine Nähe, wenn er aber Vertrauen gefasst hat, bleibt es meistens dabei. So ist Marias Mutter schon lange sei-

18

ne Köchin und lernt ihre Tochter gerade an, einmal ihren Job zu übernehmen. Somit kenne ich Maria auch schon eine Weile. Sie weiß, dass ich nur meinen Spaß haben will. Ich habe keine Zeit und keine Lust, mich zu binden, doch jedes Mal, wenn ich in ihrer Nähe bin, verhält sie sich so, als hätte sie ein Anrecht auf mich. Das muss unbedingt aufhören, es gibt nichts Schlimmeres als eine Frau, die sich falsche Hoffnungen macht, doch noch bevor ich ihr das klarmachen kann, erobern ihre süßen Lippen hungrig die meinen.

Der Raum um uns herum scheint zu verschwimmen, die letzten Tage hatte ich viel zu tun, und somit reagiert mein Körper sehr schnell, was ihre Küsse intensiver werden und meine Hände ungeduldig die Konturen ihres Körpers erkunden lassen. »Wie ich sehe, hast du mich auch vermisst.« Außer Atem beendet sie den Kuss, und ihre Hand greift in meine Mitte, wo sie meinen Schaft entlangfährt. »Maria, du weißt, dass ich von meinem Onkel erwartet werde ...« Meine Stimme soll tadelnd klingen, doch auch ich höre heraus, dass sie dafür viel zu rau ist, eine Minute habe ich sicher noch. Ohne zu zögern greife ich nach ihrem engen Oberteil und ziehe es mit einem schnellen, entschlossenen Ruck so herunter, dass mir ihre prallen hellen Brüste entgegenspringen. Ihr Atem geht schneller, und ich kann den pochenden Rhythmus ihres Herzens spüren, als meine Hände ihre Brüste umfassen und reizen, während unsere Körper enger zusammenfinden.

Maria stöhnt auf, als meine Lippen meinen Händen folgen und ich ihre Brustwarze in den Mund nehme, doch plötzlich, inmitten dieses hitzigen Moments, ertönt ein Geräusch von unten, ein Knallen und dann die Stimme von Marias Mutter.

»Maria? Wo steckt du? Wir haben zu tun, beweg dich!« Die hübsche Blondine erstarrt für einen Augenblick, als sie realisiert, dass wir nicht mehr allein sind und rollt dann genervt die Augen. »Okay, dann geh zu deinem Onkel, wir haben den Auftrag, dein Lieblingsessen zuzubereiten, aber wage es nicht abzureisen, ohne dass wir ...« Sie gibt mir einen Kuss und sieht mir ins Gesicht. Ihre Hände streichen über die frische Narbe an meiner Augenbraue. In einem unachtsamen Moment habe ich nicht aufgepasst und eine Waffe an den Kopf bekommen. Das ist das, was von der tiefen Schnittwunde übrig geblieben ist, der Verursacher atmet nicht mehr. »Das lässt dich ja nur noch anziehender wirken. Es ist ja fast schon absurd, dass auch rein gar nichts dich entstellt.«

Unsere Blicke treffen sich, noch immer voller Verlangen, doch mein Verstand ist wieder eingeschaltet und ich ziehe Maria mit mir aus der Nische heraus. »Okay, dann weiß ja jeder von uns, wo sein Platz ist.« Maria lacht, sie kennt meine Art und weiß, dass sie das nicht zu ernst zu nehmen hat, im Gegenteil, sie mag es, wenn ich sie etwas härter anpacke und angehe, deswegen zwinkert sie mir auch zu, bevor sie die Treppen hinuntereilt und ich den Gang entlang zum letzten Raum, in dem mein Onkel auf mich wartet.

Obwohl ich das nicht müsste, klopfe ich, bevor ich die schwere Holztür aufschiebe und in das Büro meines Onkels trete. Das Licht der untergehenden Sonne fällt in goldenen Strahlen durch die hohen Fenster des Büros und taucht den Raum in ein warmes Licht. Die schweren Vorhänge aus tiefrotem Samt fallen bis auf den Boden. Dunkles Holz dominiert das Mobiliar, die schweren Regale sind gefüllt mit Ordnern und alten Büchern, von denen einige über die Jahrzehnte verblasst sind. Ein massiver Schreibtisch aus Walnussholz, mit eleganten Schnitzereien an den Seiten, steht mitten im Raum wie ein Symbol der Macht und zieht meinen Blick zu meinem Onkel, der vor dem Schreibtisch steht und mir entgegensieht.

Vito Da Luca, ein Name, der selbst die mächtigsten Mafiaanführer der Welt in die Knie zwingt. Es gibt kaum jemanden, der es wagen würde, ihm die Stirn zu bieten. Ja selbst seinem Blick standzuhalten fällt den meisten schwer, doch sobald sich unsere Augen treffen, setzt sich sein zufriedenes Lächeln auf seine Lippen und er öffnet seine Arme.

»Mein Junge, komm her. Wieso habt ihr so lange gebraucht?« Sein vertrauter Duft nach teurem Aftershave steigt in meine Nase und ich drücke ihn einen Moment lang an mich. Vito löst sich von mir und sein Blick gleitet über mein Shirt und meine Jeans. Mein Onkel, Remo und die anderen Älteren sind noch von der alten Schule, sie tragen jeden Tag einen anderen perfekt gebügelten Anzug, wir Jüngeren treten eher in lässiger Kleidung auf und nur wenn es sein muss, zwingen wir uns in Anzüge. »Wir hatten noch in Conzensa zu tun, es gab ein paar Probleme mit den Papieren für die Baumaßnahmen der neuen Clubs, doch das … haben wir geklärt.«

Mein Onkel setzt sich niemals hinter den Schreibtisch, wenn er mit mir spricht. Er lehnt sich wieder an den Schreibtisch, während ich mich setze, wir haben ein enges Verhältnis und das zeigt er mir mit solchen Gesten immer wieder. Im Grunde will er keine Details von den Geschäften wissen. Er weiß, dass ich sie im Griff habe und das reicht ihm. Einen

Moment mustere ich aufmerksam das Gesicht meines Onkels. Er wirkt älter, seine Falten sind ein wenig tiefer geworden und ich erkenne Sorgen in seinen Augen. Er lehnt sich ein wenig zurück, eine mächtige Gestalt in einem perfekt sitzenden Anzug. Vito ist die Verkörperung von Macht und Kontrolle, die Arme vor der Brust verschränkt, während seine Augen mich mit einer Mischung aus Stolz und unausgesprochener Erwartung fixieren. Das Schweigen, dass sich nun im Raum ausbreitet, ist fast greifbar, unterbrochen nur vom gelegentlichen Ticken einer antiken Standuhr, die in einer Ecke steht.

»Leano«, unterbricht Vito die Stille schließlich müde, mit seiner tiefen, rauchigen Stimme, »es freut mich zu hören, dass die Geschäfte gut laufen, du weißt, wie stolz ich auf dich bin ...«

Über Vitos Gesicht gleitet ein kaum merkliches Lächeln. »Du leistet gute Arbeit. Die Familie ist stolz auf dich.« Er macht eine Pause, lässt die Worte ausklingen, bevor er weiterspricht. »Es ist an der Zeit, dass du auch eine andere Art der Verantwortung übernimmst, Leano. Die Zeit rückt näher, da ich mich zurückziehen werde und du die Geschäfte übernehmen wirst. Das Blut unserer Familie fließt stark in dir, und ich habe keinen Zweifel, dass du unser Erbe weiterführen wirst.«

Mein Herz beginnt schneller zu schlagen, weil ich mit jedem Wort meines Onkels spüre, wie wichtig ihm das hier ist. Doch bevor ich antworten kann, hebt mein Onkel eine Hand, um mich zu unterbrechen.

»Es gibt die Geschäfte, die wir erledigen und in die du bereits eingeweiht bist, und es gibt Abkommen und Verpflichtungen, von denen kaum einer weiß ...« Er macht eine bedeutungsschwere Pause und beobachtet aufmerksam mein Gesicht.

Etwas verwirrt begegne ich seinem Blick, bisher dachte ich, in alles eingeweiht worden zu sein. »Ich brauche dich, um jemanden abzuholen«, erklärt Vito, seine Stimme nun tiefer, fast verschwörerisch. »Eine junge Frau. Sie befindet sich in einem Kloster in den Hügeln von Ocre. Ihr Name ist Avalyn.«

»Avalyn?« Ich wiederhole den Namen, der mir fremd ist. »Wer ist sie? Hat sie keinen Nachnamen? Und warum soll ich sie abholen?«

Vito lächelt ein kaltes Lächeln, eines, was mir zeigt, dass mein Onkel unsicher ist, was nur sehr, sehr selten passiert. »Avalyn ist ... von Bedeutung für unsere Familie. Sie ist seit ihrer Kindheit unter dem Schutz des Klosters, aber nun ist die Zeit gekommen, dass sie ihre Rolle in unserer Welt einnimmt.«

Noch immer verstehe ich nichts. »Ihre Rolle? Welche Rolle genau?« Vito erhebt sich ganz und läuft einige Schritte, meine Augen verfolgen ihn. »Avalyn wird Teil eines Geschäftsabschlusses sein, der unsere Familie und die Contis für die kommenden Generationen verbinden wird. Eine Allianz, die uns guttun und einiges an Schwierigkeiten nehmen wird.«

Er macht eine Pause, um die Bedeutung seiner Worte sacken zu lassen. Er weiß, wie sehr ich die Contis hasse. Wenn man es in einfachen Worten halten will, sind sie das legale Gegenstück zu uns. Die mächtige Präsidentenfamilie, die seit Generationen an der Macht ist. Sie herrschen nur, weil wir es zulassen, dafür ermöglichen sie uns in allen Orten und Dingen absolute Freiheit und halten jede Art von Unannehmlichkeiten von uns fern. Sie brauchen uns mehr als wir sie, doch mein Onkel besteht darauf, diese Beziehung respektvoll beizubehalten.

»Mehr kann ich dir jetzt noch nicht sagen. Wenn sie hier ist, wirst du alles erfahren, bis dahin muss es so geheim wie möglich bleiben. Sag auch deinen Männern nichts weiter, nur dass ihr sie abholen sollt. Avalyn weiß, was von ihr erwartet wird. Trotzdem musst du sie gut im Auge behalten, hörst du?«

Noch immer verstehe ich nicht so ganz, worum es hier geht.

Vito sieht mir ernst in die Augen. »Alles andere wirst du zur gegebenen Zeit erfahren. Deine Aufgabe ist es, sie sicher zum Anwesen zu bringen. Nehmt kein Flugzeug, haltet euch bedeckt. Die Fahrt dauert drei Tage vom Kloster bis hierher, sorge dafür, dass ihr nicht auffallt.«

Ich hatte schon schwierigere Aufgaben.

»Wann soll ich losfahren?« Wir beide erheben uns und gehen zusammen zur Tür. »Morgen früh. Ich werde dafür sorgen, dass alles für die Reise vorbereitet ist. Nimm Adam und Tizian mit, mehr nicht. Es sollen so wenig Männer wie möglich davon erfahren.«

Die Hand meines Onkels legt sich auf meine Schulter, während er die Tür öffnet. »Das sollte ich hinbekommen.« Vito lacht und drückt meine Schulter. »Das weiß ich, das Wichtigste dabei ist es aber, unauffällig zu bleiben.«

24

Sein Blick gleitet ernst zu mir und auch wenn mir das Gewicht der bevorstehenden Verantwortung offenbar noch nicht so bewusst ist wie ihm, werde ich meine Pflicht erfüllen.

Avalyn

Ich lasse den Beat der Musik durch meinen Körper fließen, jede Bewegung im Einklang mit dem dröhnenden Bass. Mein Kleid, schwarz und eng anliegend, schimmert im schwachen Licht der Party, während ich mich im Takt der Musik drehe. Um mich herum verschwimmen Gesichter und Lichter, bis nur noch er in meinem Blickfeld ist.

Der Mann, mit dem ich nun schon eine Weile tanze, groß und dunkelhaarig, mit einem verführerischen, geheimnisvollen Blick, der mich anzieht. Vielleicht fangen die Pillen, die Zita und ich uns besorgt haben, auch nur an zu wirken, es ist mir egal, ich genieße die Spannung, die sich immer weiter zwischen uns aufbaut.

»Verdammt, ich habe dich hier noch nie gesehen, ich habe noch nie eine solch hübsche Frau wie dich gesehen, nein. Hör nicht auf, mich anzusehen ...« Seine Hände gleiten hinunter von meinem Rücken zu meinem Po, während ich mich noch dichter an ihn dränge. Seine Hände greifen fest zu, und ich sehe ihm in die Augen. Das Prickeln, das zwischen uns liegt, erfasst meinen Körper und ich lächle und beuge mich zu seinem Ohr.

»Komm mit!« Meine Stimme ist nur ein Hauch über dem Takt der Musik, doch er versteht mich, weil er es genauso will wie ich. Ohne zu zögern folgt er mir, seine Hand an meinem Po. Meine Schritte gehen zielgerichtet in einen der vielen Nebenräume des Clubs, die ich nur allzu gut kenne, fernab von den neugierigen Blicken der anderen Partygäste.

Kaum schließt sich die Tür hinter uns, lassen wir unserer Lust freien Lauf. Das Vorspiel der letzten halben Stunde hat den Rest übernommen, er drängt mich gegen die Wand, unsere Lippen finden einander mit einer verzweifelten Gier. Seine Zunge stößt tief in meinen Mund, als wolle er mich neugierig auf das machen, was kommt, und es gelingt ihm.

Seine Hände gleiten an meinem Kleid entlang, dabei lässt er meine Lippen nicht los, noch immer stößt seine Zunge in mich, dabei schiebt er mein Kleid nach oben und drängt meinen Slip zur Seite, um mit seinen Fingern tief in mich einzutauchen. »Verdammt, du bist ganz feucht, ich wusste doch, dass du ein böses Mädchen bist, halt still, wie gefällt dir das ...?« Er beendet den Kuss und dringt im nächsten Moment mit zwei Fingern in mich ein. Seine Lippen gleiten über meine Brüste. Auch wenn noch der Stoff des Kleides über ihnen liegt, schafft er es, in meine Brustwarze zu beißen und ich lache stöhnend auf. Wahrscheinlich denkt er, er hat hier die

28

Oberhand, doch in dem Moment entziehe ich mich ihm und drücke seinen Kopf nach unten.

»Das ist ganz nett, doch das hier ...« Ich drücke seinen Kopf in meinen Schritt. Meine Finger fahren durch sein Haar, ziehen ihn tiefer, während er mit seinem Mund meine Mitte erobert und dort mit seiner Zunge weitermacht, wo er in meinem Mund aufgehört hat.

Genau das habe ich gebraucht, es ist viel zu lange her, dass wir es geschafft haben abzuhauen, jetzt schließe ich die Augen und genieße den hungrigen Mund des Mannes. »Du kleines Luder, du schmeckst wie Honig ...« Er greift in meine Pobacken, etwas zu grob, doch ich mag das und schließe die Augen, während ich mein rechtes Bein um seine Schulter lege, sodass er mit seiner Zunge tiefer gleiten kann.

»Komm her ...« Kurz bevor ich komme, steht der Mann, dessen Namen ich weder kenne noch wissen will, plötzlich auf, er setzt sich auf den Sessel im Raum, zieht sich die Hose bis zu den Knien und nimmt seinen harten Schwanz in die Hand. Ohne mich aus den Augen zu lassen, reibt er seinen Schaft hoch und runter, ich sehe die ersten Tropfen darauf und wie gut gebaut er ist. Genau das habe ich heute gesucht.

»Knie dich hin und nimm ihn in den Mund, komm schon.« Meistens übernehme ich das Kommando, doch es macht mir auch nichts aus, es mal abzugeben. Ich knie mich vor ihn und nehme ihn tief in meinen Mund. Der Kerl stöhnt laut auf und flucht dabei. »Wo zum Teufel hast du dich bisher nur versteckt? Tiefer, sieh mir dabei in die Augen.« Ich tue es und nehme ihn so tief in meinem Mund auf, wie ich kann, dabei massieren meine Hände gekonnt seine Hoden, was ihn immer tiefer und härtere Worte murmeln lässt.

Als ich mich dann erhebe, zieht er mich auf seinen Schoß und beginnt, meine Lippen wieder zu erobern, wir verlieren uns in ungezähmten Bewegungen, in unserem Stöhnen, irgendwann zieht er sich ein Kondom über und dringt tief in mich ein. Da ich auf ihm sitze, lehne ich mich zurück und reite ihn, hole mir, was ich brauche und spüre seine verlangenden Griffe überall.

Ich komme so hart und schnell wie lange nicht mehr, der Mann rammt sich weiter in mich, und auch wenn ich einen Moment durchatmen muss, spüre ich, dass ich schnell wieder bereit bin weiterzumachen. Er wird schneller und dann ergießt er sich laut in mir.

In diesem Moment spüre ich das erste Mal, dass wir nicht allein sind. Wir waren so aufeinander fixiert, dass ich den anderen Mann, der auf der Couch uns schräg gegenüber sitzt und uns anstarrt, gar nicht bemerkt habe. Mein Blick gleitet zu seinem Schwanz, den er in der Hand hält und reibt, seine Augen dunkel vor Begierde, während er uns beobachtet.

Mein Herzschlag beschleunigt sich, aber nicht vor Angst, sondern vor einem seltsamen, rebellischen Vergnügen. Es stört mich nicht, dass er mich beobachtet. Im Gegenteil, es verstärkt nur den Nervenkitzel, die Dunkelheit der Situation. Der Mann unter mir scheint den Mann auch bemerkt zu haben, einen Moment hält er ein, doch dann hebt er mich hoch, als würde ich nichts wiegen, stellt mich auf die Beine, sodass meine Hände auf den Beinen des anderen Mannes landen, dessen Augen sich weiten.

»Ich bin noch nicht fertig mit dir!« Ich höre, wie der Mann hinter mir sein gebrauchtes Kondom abstreift und sich ein neues aus der Tasche zieht und fahre mit meiner Zunge über meine Lippen, allein das reicht und der Mann kommt vor mir. Gerade will ich meine Hand heben und ihm helfen, da ertönt ein Klopfen an der Tür.

»Avalyn, wir müssen los!« Es ist Zita, meine beste Freundin, die mich zur Vernunft ruft. Ich lege den Kopf in den Nacken, entziehe mich beiden Männern und lächle. »Das nächste Mal geht es weiter.« Das Ganze ging so schnell, dass die beiden nicht einmal Zeit haben zu protestieren, ich erkenne den Protest allerdings in ihren Augen.

Auf dem Weg zu Zita richte ich alles und schlüpfe schnell zu ihr auf den Flur. Meine rothaarige Freundin schüttelt den Kopf und deutet auf die Uhr. »Also echt, dich kann man nicht aus den Augen lassen, komm jetzt.« So schnell wir können verlassen wir den Club wieder. »Das musst du gerade sagen, soweit ich mitbekommen habe, bist du heute schon mit zwei Männern verschwunden ...« Zita kneift mich leicht in den Arm und lacht. »Es ist über ein halbes Jahr her, dass wir abhauen konnten und wer weiß, wann das nächste Mal sein wird, ich hoffe, du hast die Zeit genossen.«

Wir ziehen uns die hochhackigen Schuhe aus, die wir in den unten aufgeschnittenen Matratzen unserer Betten verstecken. »Oh glaub mir, das habe ich, ich bin für die nächsten Monate gewappnet.« Lautlos und barfuß rennen wir den vertrauten Weg durch die dunklen Straßen in den Wald. Auch hier kennen wir den Weg genau, wir sind wirklich spät dran, deswegen handeln wir mit schnellen Schritten und gekonnten Handgriffen. Wir haben nur noch wenig Zeit, um zurück ins Kloster zu gelangen, bevor wir entdeckt werden.

Der Weg durch den Wald ist dunkel und unheimlich, aber wir fühlen uns lebendig, wild und frei. Dieses Gefühl wird nach all den Jahren hinter den Mauern des Klosters zu einer Sucht. Zita und ich schleichen uns erst seit ein paar Jahren alle paar Monate raus, um in der Stadt das Leben zu leben, was wir sonst nicht können. Ich bin vierundzwanzig und habe das Gefühl, noch nichts von der Welt gesehen zu haben.

Bald schon erreichen wir das alte Kloster, schlüpfen durch den freigelegten schmalen Ausgang des Schachtes und laufen die unterirdischen Flure entlang. Zita hat diese Wegbeschreibung eines Tages in einem der Bücher über den Gehorsam der Frau in der Bibel gefunden. Sie muss von früheren Bewohnern des Klosters verfasst worden sein. Noch immer legt sich ein Lächeln auf meine Lippen, wenn ich daran denke, wie viele Frauen sich hier regelmäßig hinausgeschlichen haben. Auch wir haben die Aufzeichnungen wieder dort hinterlassen, für die nächsten Generationen.

So leise wie es nur geht, schlüpfen wir in die richtigen Gänge und in unser Zimmer, man hört bereits Schritte im Flur. Zita geht schnell ins Bad und ich lege mich in mein Bett, die Decke bis zu den Ohren hochgezogen, da klopft es laut an unserer Tür, die dann auch ohne abzuwarten geöffnet wird.

»Avalyn, Zita, steht auf. Das Morgengebet beginnt gleich.« Ich sehe den Blick der strengen Schwester Theresa auf mir ruhen und dann zum Bad gleiten. »Nimm dir ein Beispiel an Zita, sie steht bereits von alleine zum Gebet auf, während man dich immer aus dem Bett holen muss.«

Mit diesen Worten schließt sie die Tür wieder und wir hören es nebenan klopfen. Zita kommt lachend aus dem Bad. Sie hat sich schnell abgeschminkt und zieht sich ihr langes schwarzes Kleid an. »Ja, Avalyn, nimm dir ein Beispiel an mir.« Die Glocken beginnen zum Morgengebet zu rufen und auch ich schlüpfe aus dem Bett, um mich bereit für den Tag zu machen.

Zita und ich sind keine Nonnen, doch wir beide leben hier. Zita erst seit einigen Jahren, ich seit ich zwei Jahre alt bin. Wir wurden hier unterrichtet und sind behütet aufgewachsen. Wenn man klein ist, merkt man nicht, dass einem etwas fehlt, man kennt es nicht anders. Die Nonnen hier sind streng, aber gut zu uns. Zum Kloster gehört die Schule und ein Waisenhaus, mit diesen Kindern durften wir immer spielen. Jetzt, wo wir selbst alles gelernt haben, helfen wir neben dem Beten und der Arbeit in der Küche und auf den Feldern des Klosters, im Waisenhaus mit.

Es gibt immer etwas zu tun und ich weiß auch, dass wir Gutes tun und doch will ich endlich mal den Geschmack des echten Lebens auf meiner Zunge spüren. Unsere kleinen Ausflüge alle paar Monate in den Club in der nächsten Stadt sind nett, doch das ist nur ein Hauch von dem, was mich da draußen erwartet.

So müde wir auch sind, nur fünf Minuten später stehen wir in der Kapelle, unsere Gesichter in Unschuld und Andacht getaucht, während wir mit den anderen Nonnen beten. Wir verrichten unser Gebet, bereiten Frühstück zu, ernten Kräuter, während die Sonne aufgeht, und dann gehen wir hinüber ins Waisenhaus. Ich liebe die Arbeit dort, auch ich bin eine dieser Waisen, ich weiß nicht, wer meine wahren Eltern sind, und auch wenn ich im Kloster bleiben und dort schlafen durfte, wusste ich immer, dass ich eigentlich in das Heim gehört hätte.

Gerade als ich die Kleinsten zum Mittagsschlaf hinlegen will, kommt Eleonora, unsere oberste Schwester, und deutet mir mitzukommen. »Du hast Besuch, Avalyn.« Nicht gerade heute. Ich bekomme hin und wieder Besuch von dem Mann, der mich damals gefunden hat. Vito Da Luca, er besucht mich, guckt, dass es mir gut geht und bringt ein wenig Abwechslung in meinen Alltag. Doch er war schon auffällig lange nicht mehr hier. Ausgerechnet heute will ich mich eigentlich nur noch hinlegen.

Meistens ist Vito alleine, wir gehen spazieren, oder er fährt mit mir in die Stadt etwas essen, deswegen verwundert es mich, dass Eleonora mich in die Kapelle bringt und dort alleine zurücklässt. Einen Moment sehe ich mich verwundert um, bis ich auf den Rücken eines Mannes blicke, der sich bekreuzigt und dann zu mir umdreht.

Mein Herz beginnt unruhig in meiner Brust zu schlagen. Ich habe ihn noch niemals gesehen. Der Mann muss ungefähr in meinem Alter sein, vielleicht etwas älter, er ist groß und dunkelhaarig, tiefe dunkle Augen sehen mir entgegen, die eine

Macht ausstrahlen, die mir bekannt vorkommt. Er ist ein hübscher Mann, ganz anders attraktiv als die Männer aus dem Club, roher, mächtiger, ich sehe auf die Tattoos auf seinen Armen.

Sacra Notte.

Ein Name so mächtig wie nichts anderes, was ich kenne. Automatisch verschränke ich die Arme vor der Brust und lege den Kopf ein wenig schief, um ihm nicht zu verraten, wie überrumpelt ich bin.

Ich habe es weit von mir geschoben, doch ich ahne, dass es so weit ist.

»Wer bist du und was willst du von mir?«

Leano

Die Mittagshitze liegt heiß über den Hügeln von Ocre, als ich aus dem dunklen klimatisierten Bentley steige.

Der Weg hier hinauf zum großen Anwesen des Klosters war fast genauso schwierig wie zur Burg meines Onkels. Die Fahrt zum Kloster ist lang und führt durch eine Landschaft, die so abgelegen und abgeschieden ist, dass es scheint, als sei all das hier von der Zeit vergessen worden. Die Straße ist schmal und kurvig, gesäumt von alten Olivenbäumen, deren knorrige Äste immer wieder unser Auto gestreift haben. Adam und Tizian bleiben im Auto sitzen, während ich mir eine Zigarette anzünde und meine Waffe unter meinem Shirt verstecke.

Das mache ich selten, meistens sieht man sie, doch selbst ich respektiere einen Ort wie diesen. Tizian und Adam haben auf dem gesamten Weg vom Hotel hierher darüber diskutiert, ob uns irgendwann all unsere Sünden vergeben werden. Sie sind unterschiedlicher Auffassung. Tizian denkt, dass wir nicht sündigen, da wir das alles ja für unsere Familie tun, Adam hingegen weiß, dass wir fast täglich sündigen. Dabei muss man nicht einmal an die vielen Leichen auf unserem Weg, die skrupellosen Geschäfte oder unseren täglichen Wahnsinn denken. Wir alle haben gerne guten Sex und genießen die wenige freie Zeit, die wir haben, viel zu ausgiebig, als dass man da jemals von sündenfrei sprechen kann.

Während ihrer Diskussion habe ich meine Gedanken schweifen lassen, zurück zu dem Gespräch mit meinem Onkel. Die plötzliche Nachricht von Avalyn und ihre Rolle in einem so wichtigen Geschäft scheint mir immer noch surreal. Wer ist diese Frau? Bisher habe ich mir immer eingebildet, alles über unsere Familie zu wissen. Warum habe ich nie zuvor von ihr gehört, wenn sie doch so eine zentrale Rolle im Plan meines Onkels spielt, von dem ich bisher auch nichts weiß?

Mein Blick liegt auf den hohen Mauern des Klosters. Es ist ein altes, ehrwürdiges Gebäude, in Stein gehauen und von der Geschichte gezeichnet, doch immer noch fest in den Felsen verankert. Man sieht noch mehrere Nebengebäude und zahlreiche Felder, die hier liegen, und all das gehört zum Kloster. Von der nächsten Stadt muss man entweder mit dem Auto diese unbequeme Straße entlang oder durch einen dichten Wald laufen, genauso abgelegen, wie mein Onkel selbst am liebsten lebt.

»Mach schon, wenn wir noch einmal so lange brauchen wie hoch, kommen wir erst heute Nacht im Hotel an. Die heiligen Mauern werden schon nicht über dir Sünder zusammenbrechen.« Adam hat das Fenster heruntergefahren und ich höre Tizians kehliges Lachen. Ich wende mich nur kurz um, schnippe meine Zigarette weg und schenke meinem besten Freund und Bruder einen Blick, der mehr sagt als Worte. Wir alle wissen, dass ich genau weiß, dass ich der größte Sünder von uns allen bin, im Gegensatz zu ihnen mache ich mir da auch nichts vor.

Gerade als ich die Hand heben und an die Tür des Klosters klopfen will, wird die schwere Holztür geöffnet und eine ältere Nonne tritt heraus. Ihr Gesicht ist ruhig, ohne Emotionen, als sie mich begrüßt.

»Sie müssen Vitos Neffe Leano sein«, stellt sie mit sanfter, aber bestimmter Stimme fest. »Wir haben Ihre Ankunft erwartet.« Ich nicke knapp. »Ich bin gekommen, um Avalyn abzuholen. Es ist ... im Auftrag meiner Familie.«

Die Nonne dreht sich um, um mich ins Innere des Klosters zu führen. Das Gebäude ist kühl und still, die Luft erfüllt von einem Duft nach Weihrauch und alten Büchern. Wir gehen durch lange Korridore, vorbei an geschlossenen Türen und Kreuzen, bis wir schließlich vor einem Ausgang zum Hof anhalten.

»Ihr Onkel wartet jedes Mal im Innenhof, ich werde sie holen gehen. Sie weiß noch nichts davon. Avalyn ist manchmal etwas ... impulsiv, deswegen dachte ich, es ist das Beste, wenn Sie es ihr sagen.« Mein Blick gleitet zu einer großen Holztür auf der anderen Seite, die mit einem goldenen Kreuz verziert ist.

»Was befindet sich hinter dieser Tür?« Das erste Mal zeigt die Nonne eine Regung in ihrem Gesicht. »Unsere heilige Kapelle.« Ich lächle. »Ich warte dort, holen Sie sie.« Die Nonne nickt, sie traut sich wahrscheinlich nicht einmal, einen Menschen wie mich in diese heiligen Räume zu lassen, doch so wird sie sich wenigstens beeilen, und sind wir mal ehrlich: Ein bisschen guten Willen nach oben zu zeigen, ist niemals verkehrt.

Ich höre die Schritte der Nonne den Flur entlang, bis ich die Tür zur Kapelle öffne. Ich hatte viel mehr Prunk und Gold erwartet, doch genau die Schlichtheit und das Wissen, wie alt all das hier ist, lässt mich einen Moment durchatmen, mich bekreuzigen und dann nach vorne zum Altar gehen. Ich schließe die Augen und erinnere mich an die glückliche Zeit mit meiner Mutter zurück.

Sie stammt aus einem kleinen Dorf in Kalabrien. Mein Vater soll sie damals gesehen und sich sofort verliebt haben. Ich weiß nicht, ob so etwas überhaupt möglich ist, doch beide haben mir das immer erzählt.

Meine Eltern waren sehr glücklich, meine Mutter hat mich im Sommer meistens mit in ihr Dorf nach Kalabrien genommen, genau daran erinnere ich mich in diesem Moment; an die kleine Kapelle und die Gebete, die wir damals dort zusammen gesprochen haben. Auch jetzt sage ich eines davon in meinen Gedanken auf, bis ich Schritte hinter mir höre und mich umdrehe.

Verwundert sehe ich auf eine junge Frau mit langen hellbraunen Locken. Sie trägt trotz der Hitze ein schwarzes unförmiges Kleid, das nur ihren Hals und ihr Gesicht zeigt, fast wie die Nonnen, nur dass sie ihre Haare nicht verdeckt. Sie fallen ihr bis tief in den Rücken, ihre Haut ist ungewöhnlich hell und eben, fast wie Porzellan. Sanfte aber entschlossene dunkle Augen sehen mir entgegen. Avalyn ist schöner, als ich es erwartet hatte, nicht dass ich darüber nachgedacht habe, doch diese Schönheit überrascht mich im ersten Moment.

»Wer bist du und was willst du von mir?« So entschlossen ihr Blick auf mir liegt, so unsicher klingt ihre Stimme. »Avalyn?«, frage ich, obwohl ich weiß, dass sie es ist. Mit wenigen Schritten gehe ich zu ihr, sie weicht nicht zurück. »Ja«, antwortet sie leise, ihre Stimme kaum mehr als ein Flüstern und da sehe ich in ihren großen braunen Augen, das auch sie im Grunde weiß, was ich hier will.

»Ich bin Leano, ich bin hier, um dich zu meinem Onkel Vito zu bringen.« Sie nickt nur, vermutlich weiß sie mehr, als ich es tue. »Ich bin bereit!« Es ist klar, dass sie weiß, was von ihr erwartet wird, doch in ihren Augen liegt eine unerschütterliche Entschlossenheit, die mich mal wieder zu der Frage führt, was das hier alles soll. Da ich ihr nicht verraten will, dass ich im Grunde weniger weiß als sie, deute ich nach hinten. »Okay, dann lass uns deine Sachen holen und ...«

Erneut bringt sie mich einen Moment aus der Fassung, indem sie an sich herunter zeigt. »Ich habe nichts, ich hoffe, ich kann das Kleid mitnehmen, Schwester Eleonora?« Erst jetzt sehe ich, dass die Schwester im Flur hinter ihr steht und uns genau beobachtet. »Das kannst du, möge Gott dich auf deinem Weg schützen. Ich habe Zita rufen lassen, damit ihr euch verabschieden könnt.«

Überrascht sehe ich zwischen den beiden hin und her. »Nichts? Wie kann das sein, du lebst doch schon lange hier oder …?«

Avalyn sieht von der Nonne zu mir und ich bemerke etwas Verwunderung in ihren Augen. »Ich bin mit zwei Jahren hergebracht worden und habe immer hier gelebt. Die Kleidung, die ich getragen habe und trage, gehört dem Kloster und dem Waisenhaus, genau wie die Spielsachen. Wir haben hier Essen und Trinken bekommen, Seife und Waschsachen und eine Bibel, aber nichts davon gehört mir, es …«

Die Nonne unterbricht sie. »Man braucht nicht mehr. Unsere Gebete, die Arbeit, die wir verrichten, und das Essen auf dem Tisch ist mehr als genug. Kommen Sie, Zita wird vorne am Eingang warten.«

Avalyn folgt der Nonne ohne zu zögern, einen Moment bleibe ich stehen und sehe mich um, das Ganze scheint für sie völlig normal zu sein, für mich wirkt das wie in einem schlechten Horrorfilm. Als ich ihnen dann folge, sind sie bereits stehengeblieben. Eine weitere Frau und eine Nonne stehen bei ihnen. Avalyn umarmt die andere Frau, die mich über ihren Rücken hinweg ansieht. Sie weint und drückt Avalyn fest an sich, die ihr etwas zuflüstert.

»Okay, möge Gott dich schützen.« Sie lösen die Umarmung, auch die andere Nonne wiederholt ihre Wünsche über Gott und dann bringt uns die Nonne, die mich hergeführt hat, zusammen mit Avalyn zum Ausgang des Klosters.

Als wäre das alles nichts. Ich hatte mir dramatische Abschiedsszenen vorgestellt, doch ohne ein weiteres Wort wenden sich alle ab, als wäre nichts geschehen. Im Grunde sollte es mir nur recht sein, doch mein Bauchgefühl lässt mich auf Avalyns Rücken blicken.

Wer ist diese Frau, die sich so bereitwillig ihrem Schicksal fügt? Und warum habe ich das ungute Gefühl, dass dies erst der Anfang von etwas weitaus Größerem ist?

Als wir schließlich das Kloster verlassen, murmelt die Nonne wieder dieselben Worte und schließt die Tür genauso schnell, wie sie sie geöffnet hat.

»Sehr nett hattest du es hier.« Mein Blick gleitet zu Avalyn, die unsicher zu dem Auto sieht, sie bleibt stumm, auch als ich neben ihr herlaufe und ihr die hintere Tür aufhalte. Ohne etwas zu sagen steigt sie neben Tizian ins Auto. Ich schließe die Tür und komme nicht umhin, einen letzten Blick auf das Kloster zu werfen, bevor auch ich in den Wagen steige.

Adams Blick trifft meinen sofort und er zieht die Augenbrauen hoch. Sie wissen noch weniger als ich, doch diese ungewöhnliche Schönheit wird auch ihnen sofort aufgefallen sein.

Bevor ich losfahre, drehe ich mich noch einmal zu Avalyn um, die aus dem Fenster blickt.

»Avalyn, das neben dir ist mein Bruder Tizian und das hier ist Adam, wir alle werden dich zu meinem Onkel bringen, doch das kann etwas dauern.«

Nur weil ich sie angesprochen habe, wendet sie ihren Blick vom Fenster ab, sie sieht zu Tizian und lächelt und dann zu

Adam, nickt in meine Richtung und sieht wieder aus dem Fenster.

Auf den Lippen meines Bruders und meines besten Freundes liegt ein freches Grinsen, doch sie ersparen uns alle ihre Kommentare, während ich Gas gebe und den Hügel hinabfahre.

Das ging zu schnell und viel zu glatt. Mein bisheriges Leben hat mir gezeigt, dass meistens, wenn etwas so glatt läuft, das wirkliche Problem erst vor einem liegt. In meinem Inneren spüre ich, dass sich etwas verändern wird. Doch ich habe noch keine Ahnung, was es ist. Immerhin habe ich nun ein paar Tage, bis wir bei Vito ankommen, um mehr zu erfahren.

Als ich das Schlimmste des Weges hinter mir gelassen habe und in den Rückspiegel sehe, um Avalyn die Fragen zu stellen, die mir auf den Lippen brennen, hat sie sich zurückgelehnt, ihr Gesicht ist immer noch in Richtung Fenster gerichtet, doch ihre Augen sind geschlossen.

Diese Frau wird unerwartet von uns abgeholt und statt sich Gedanken zu machen, zu rebellieren oder zumindest mal Fragen zu stellen, schläft sie seelenruhig ein? Mein Blick gleitet über ihre langen Wimpern, ihre gerade Nase zu ihren vollen herzförmigen Lippen. Von mir aus.

»Was zur Hölle soll das Ganze? Kannst du uns mittlerweile mehr dazu sagen?« Adam deutet nach hinten und sieht mich an, er wusste nur, dass wir eine Frau abholen und hat gar nicht weiter nachgefragt, doch ein Blick auf diese Schönheit und man kommt gar nicht umhin, Fragen zu stellen.

Die Straße wird breiter und ich gebe Gas.

»Noch nicht. Ich weiß selbst noch nicht, was hier gespielt wird, doch ich werde es herausfinden.«

Und das werde ich, ich werde meine Antworten bekommen, die bekomme ich immer.

Avalyn

Ein grelles Licht lässt mich abrupt aus meinem Traum hochfahren. Müde setze ich mich auf und sehe aus dem Fenster des
Autos, das mittlerweile hält. Ich muss eingeschlafen sein, die
Nacht ohne Schlaf und die Erkenntnis, dass mein Leben so,
wie ich es kenne, nun vorbei ist, haben mich so aus der Bahn
geworfen, dass ich einfach nur noch die Augen geschlossen
habe und jetzt erst wieder wach werde.

Mein Kopf fühlt sich schwer an, wie fast immer bin ich aus
einem tiefen, traumlosen Schlaf erwacht.

Es dauert einen Moment, bis ich auch alles andere wahrnehme. Ich bin alleine im Auto, einer der Männer, die vorhin
mit mir im Auto waren, lehnt an meinem Fenster und raucht,
von den anderen beiden fehlt jede Spur. Wir halten vor einem
Hotel. Four Seasons steht mit eleganter Schrift am Eingang.

Wir stehen an einem Brunnen. Sein Plätschern höre ich selbst durch die geschlossenen Scheiben.

Das heute war viel, zu viel.

Ich wusste immer, dass ich eines Tages das Kloster verlassen werde, doch nie wann und wozu. Als es dann heute plötzlich so weit war, habe ich alles getan, um vorbereitet zu wirken, doch im Grunde bin ich das gar nicht. Ich habe keine Ahnung von der Welt hier draußen, was mich erwartet und wie ich meinen Plan umsetzen soll, den ich irgendwann zwischen ein paar Cocktails an der Bar geschmiedet habe, doch jetzt stecke ich mittendrin und muss versuchen, einen klaren Kopf zu behalten.

Müde streiche ich meine Haare nach hinten und steige auf der anderen Seite aus, die der Typ nicht mit seinem massigen Körper blockiert. »Hey, du bist wach?« Das Geräusch der zufallenden Tür lässt den Mann sich umdrehen. Tizian, so wurde er mir vorgestellt. Seine Stimme ist tief, nicht ganz so rau wie die seines Bruders, doch sie haben dieselben dunklen Augen, auch wenn seine mir eher frech entgegenblicken.

»Wie lange habe ich geschlafen?« Mein Blick gleitet über den beeindruckenden Vorgarten des Hotels, bevor ich mich neben Tizian stelle und in sein Gesicht sehe. Genau wie sein Bruder hat er ein bemerkenswert gutes Aussehen, etwas jünger und doch haben beide dasselbe dunkle Haar, dieselben dunklen Augen, die markanten Wangenknochen und Lippen zum Niederknien. Alle drei Männer im Auto waren attraktiv, breit gebaut und hatten diese gewisse Aura an sich, die auch Vito bei jedem Besuch versprüht hat. Auf paradoxe Weise will man sich ihnen entziehen, weil man die Gefahr, die von ihnen ausgeht, spürt und doch fühlt man sich gleichzeitig davon angezogen.

Er schnipst seine Zigarette weg und deutet mir, ihm zu folgen. »Das müssten fünf Stunden gewesen sein. Ich warte seit zwanzig Minuten, dass du wach wirst. Leano hat darauf bestanden, dass ich dich schlafen lassen soll, solange sie uns Zimmer besorgen. Bist du bereit?«

Mein Blick gleitet durch die verglaste Tür, vor der ein Mann im roten Anzug steht, in eine riesige Halle. »Natürlich.« Innerlich bete ich, dass man mir meine Anspannung nicht anhört. Ich sehe fasziniert auf all den Marmor und die eleganten Teppiche. Der Mann hält uns die Tür auf, Tizian reicht ihm den Schlüssel, der wahrscheinlich zum Wagen gehört und wir treten in eine große Empfangshalle.

»Hier entlang!« Tizians Hand legt sich auf meinen Rücken, ich spüre einige Blicke auf mir und das wundert mich gar nicht. Alle hier sind elegant gekleidet, ich mit meinem schwarzen Nonnenkleid falle allein deswegen schon auf, an die unförmigen Stiefel, die hoffentlich nicht zu viel Schmutz hineintragen, will ich gar nicht erst denken. Doch ich schaffe es, die Blicke zu ignorieren und sehe mich mit großen Augen um.

»Es ist traumhaft ...«

Und das ist es. Ein Marmorboden glänzt unter meinen Füßen, während Kristallleuchter von der Decke hängen und das Licht in tausend Farben brechen. Es ist das reinste Märchen. Noch niemals zuvor habe ich solch einen Ort gesehen, ich dachte schon, der Club in der Stadt wäre extravagant, doch das hier … Alles an diesem Hotel schreit nach Reichtum und Eleganz, bis zu den kleinsten Details, die sich überall verteilen.

»Da seid ihr ja …« Erst als Tizian stehen bleibt, sehe ich zu den anderen beiden Männern. Leano steckt gerade sein Handy weg und sieht mir in die Augen, während der andere Mann Adam schon zu mehreren silberfarbenen Türen geht.

Mir wird in diesem Moment bewusst, dass die Blicke nicht nur mir gelten, auch die drei sehen nicht passend angezogen aus. Sie alle tragen Jeans und Shirts und bei Adam erkenne ich sogar eine Waffe. »Ihr hättet mich ruhig wecken können.« Mein Blick trifft auf den von Leano. Hatte ich gerade noch gedacht, wie ähnlich sich die beiden Brüder sind, so sehe ich nun sofort die Unterschiede. Leano ist mehr, von allem, er ist etwas größer, etwas breiter, seine Haut einen Ton goldbrauner als die seines Bruders, die Lippen geschwungener und vor allem sind seine Augen viel dunkler und geheimnisvoller und mit einer gehörigen Portion Misstrauen und auch Neugierde versehen.

»Du brauchtest den Schlaf offenbar, lasst uns nach oben gehen. Ich muss gleich etwas erledigen. Tizian bleibt bei dir, Adam und ich …« Erschrocken fahre ich zusammen, als ich versuche, mit den Männern Schritt zu halten und sich auf einmal diese verdammten silbernen Türen öffnen. Zeitgleich sehen alle drei Männer zu mir. »Was ist das?«

Einen Moment sagt keiner etwas, ein Mann, den ich bisher noch gar nicht bemerkt habe und der einen Wagen mit drei Taschen schiebt, lächelt mich freundlich an. »Das ist ein Aufzug, wir müssen ganz nach oben in die achte Etage.«

Ich spüre alle Blicke auf mir, doch außer dem Mann im roten Anzug sagt keiner etwas. Tizian deutet mir einzusteigen und auch wenn ich es nicht gerne tue, folge ich seinen Anweisungen.

Sobald alle drinnen sind, schließt sich die Tür und ein Ruck geht durch den kleinen silbernen Raum, der sich in Bewegung setzt. »Heilige Maria ...« Ich halte mich mit den Händen am Spiegel fest, noch immer sagt niemand etwas, bis Adam zu grinsen beginnt und den Kopf schüttelt. »Das kann ja was werden.«

Zum Glück geht die Tür gleich wieder auf und alle lassen mir den Vortritt, hinauszukommen. Der Mann im roten Anzug öffnet die einzigen zwei Türen, die hier sind, Tizian und Adam gehen in eine hinein und nehmen zwei Taschen mit und Leano und ich folgen dem Mann zu einer anderen Tür.

Sobald ich sie durchquere, muss ich mich erneut zusammennehmen, ich kann nicht jedes Mal ausflippen, wenn ich irgendwo hineinkomme, das wird mir in der nächsten Zeit noch sehr oft passieren. Ich kenne nichts. Nur die Wände des Klosters, die Felder und das Waisenhaus und seit ein paar Jahren auch einen Club und einige Straßen einer Stadt, weiter ging es nicht.

Allein schon die Tatsache, dass ich kein Eigentum habe ... Ich meine, Zita und ich haben uns bei einem unserer ersten nächtlichen Ausflüge in einer Altkleidersammlung ein paar Klamotten und andere Schuhe besorgt. Wir haben jedes Mal nachgesehen und nach und nach ein paar gute Sachen gefunden, die wir alle in unseren Matratzen versteckt hatten, nur konnte ich die unmöglich hervorholen und mitnehmen. Wir hatten sogar Schminke versteckt, betrunkene Frauen im Club lassen oft etwas am Waschbecken liegen, doch auch das ist nicht wirklich meins gewesen.

Zita wird alle Sachen noch gut gebrauchen können, bis ich erfahre, was mich erwartet und bis ich unsere Pläne umsetzen kann.

Trotzdem schlägt mein Herz ein wenig schneller, als ich in die Suite eintrete. So stand es an einem Schild vor der Tür. Die Räume sind groß und luxuriös eingerichtet, mit weichen Teppichen, die meine Schritte verschlucken und mich dazu bringen, schnell meine Schuhe von den Füßen zu streifen. Es gibt helle Sitzmöbel, die zum Einschlafen einladen, mit vielen Kissen und einem Holztisch davor, der mit Schüsseln voll Obst und Keksen gefüllt ist. Der Mann im roten Anzug öffnet eine Tür nach draußen und ich höre ein unbekanntes Geräusch, gehe aber weiter in den nächsten Raum: ein Bad, ein Bad? Kann man das so nennen? Ich will gar nicht mehr an die Waschräume im Kloster zurückdenken, wenn ich mir die große Badewanne, die Dusche und alles andere ansehe.

Im anderen Zimmer höre ich Stimmen, doch ich achte nicht darauf und gehe ins andere Zimmer, in dem ein Bett steht, das dreimal so breit ist wie das, in dem ich all die Jahre geschlafen habe. Ich streiche über die Decken und Kissen und seufze leise auf, wie Seide, wie feine Federn, ich träume, dass ...

»Hier kannst du schlafen, ich hatte unten schon Essen bestellt, Adam und ich müssen gleich etwas erledigen, Tizian bleibt bei dir. Ich werde dir auch ein paar Dinge besorgen, Kleider, Schuhe, Haarbürste, Shampoo, ich habe keine Ahnung, einfach alles, was du brauchst, bis du sie dir selbst besorgen kannst. Hast du einen Wunsch?«

Bis ich mir das selbst besorgen kann? Herrgott, ich muss vor Aufregung schon Flecken im Gesicht haben und doch zucke ich nur leicht die Schultern, es kostet mich alle Mühe, mich zu beherrschen. »Hauptsache kein Schwarz.« Der Blick von Leano gleitet über mein Kleid zu meinen Augen, wieder diese tausend Fragen, die mir entgegenspringen, er deutet hinter mich. »Wir werden heute Nacht und vermutlich bis morgen Abend hierbleiben. Dann geht es weiter, mach es dir solange gemütlich. Dieser Raum gehört ganz dir.« Natürlich, deswegen ist er zusammen mit mir hier hereingekommen. »Du wirst auch hier schlafen?« Leano nickt. »Ja«, antwortet er mit ernster Stimme. »Ich werde in der Suite bei dir bleiben. Es ist wichtig, dass ich dich nicht aus den Augen lasse.« Dann, als er meinen Gesichtsausdruck bemerkt, fügt er schnell hinzu: „Mach dir keine Sorgen, ich werde auf der Couch schlafen. Du hast diesen Raum für dich allein.“

Es klopft und wieder ertönen Stimmen aus dem Nebenraum. Ich stehe mitten im Raum und drehe mich langsam um, um alles in mich aufzunehmen: die leichten Vorhänge, den Bildschirm an der Wand, die edlen Kommoden. »Es ist unglaublich hier«, flüstere ich mehr zu mir selbst als zu jemand anderem, doch Leano ist immer noch da. »Gewöhne dich daran, deine Zeit im Kloster ist vorbei. Ich weiß nicht, ob dich das freut oder nicht, aber es muss dich nicht ängstigen, auch du wirst dich an Aufzüge gewöhnen.«

Er hat recht, das muss ich. »Danke«, sage ich schließlich leise, »das ist ... sehr nett von dir.«

Er nickt und dreht sich dann um, um mir die Zeit zu geben, die ich brauche, um mich in der fremden Umgebung zurechtzufinden. Völlig erschlagen von all den neuen Eindrücken lasse ich mich auf die Bettkante sinken und fühle, wie meine Anspannung allmählich nachlässt. Was auch immer als Nächstes kommen wird, ich muss mich dem stellen, ich wusste, dass das hier kommen wird und nun gibt es kein Zurück mehr.

Es klopft erneut und kurz danach höre ich Tizians Stimme. »Das Essen ist da, bewegt euch oder es ist alles weg.« Ich stehe auf und allein der Duft, der in diesem Moment zu mir strömt, lässt mich zurück in den Hauptraum gehen.

Meine Füße gleiten über den weichen Teppich, ich bemerke auch hier die seidigen Vorhänge, die sich im Wind bewegen und einen Tisch, an dem die drei Männer sich gerade hinsetzen. Der Duft von köstlichem Essen erfüllt den Raum und mein Magen knurrt leise. Leano deutet mir, mich zu setzen. Meine Augen werden noch größer, als ich die Gerichte vor mir sehe, zartes Fleisch, frische Salate, Brot, das sogar noch warm ist, drei verschiedene Nudelsorten mit unterschiedlichen Soßen, eine Fischplatte und Desserts, die aussehen wie kleine Kunstwerke.

»Bitte«, sagt Tizian und deutet auf den Tisch, »bedien dich.« Leano und Adam tun sich auch auf und sprechen über ein

Geschäft, zu dem sie gleich fahren wollen. Ich weiß gar nicht, was ich zuerst probieren soll, im Kloster gab es meistens Suppen, Gemüse und Eintöpfe, Fisch oder Fleisch gab es nur, wenn jemand auf dem Markt war, was selten vorkam, da wir ja fast alles selbst angebaut haben.

Schon beim ersten Bissen bin ich überwältigt. Die Aromen explodieren förmlich in meinem Mund. Ich kann nicht anders, so sehr ich es mir auch vorgenommen habe. »Das ist unglaublich! Ich habe noch nie etwas so Leckeres gegessen!« Nun legt sich das erste Mal ein Lächeln auf Leanos Lippen, wieder fällt mir auf, was für ein anziehender Mann er ist. »Dann war es höchste Zeit!«

Während wir essen, sprechen die Brüder und Adam über einige Dinge, die hier in der Gegend erledigt werden müssen. So kann ich immer wieder neue Bissen probieren und mich ungestört an all den neuen Geschmäckern und Aromen erfreuen.

Es ist, als würde ich eine völlig neue Welt entdecken.

Leano

»Was hat es mit dieser Frau auf sich?«

Nach einigen Stunden betreten wir wieder das Hotel. Wir beide haben die Hände voll mit Taschen, die wir uns in einem Einkaufsladen haben zusammenstellen lassen.

Adam und ich sind zu einem unserer Geschäftspartner gefahren. Er hat neue Ware für uns, die er uns schon die ganze Zeit vorstellen wollte. Da wir jetzt zufällig hier sind, ging es schneller als geplant.

Bevor wir dorthin gefahren sind, habe ich bei einem größeren Geschäft angehalten und dort in Auftrag gegeben, eine kleine Auswahl an Kleidern, Schuhen und allem, was Frauen für ein paar Tage brauchen, zusammenzustellen. Ich hatte mit einer Tüte gerechnet, doch als wir gerade dort angekommen sind, gab es mehrere Tüten mit Schlafsachen und Unterwäsche, T-Shirts, Hosen, Kleidern, Röcken, mehreren Sandalen, Shampoo, Creme, Schminke ... Da ich nicht wusste, was für eine Größe Avalyn hat und das durch das unförmige Kleid, das sie trägt, auch schwer einzuschätzen ist, habe ich ihnen eine der Verkäuferinnen gezeigt, die in etwa Avalyns Größe und Figur haben müsste, um den Rest haben sie sich gekümmert.

Auch meine Gedanken sind ständig bei ihr, ich hoffe, Tizian lässt sie nicht aus den Augen. Neben der Tatsache, dass sie wichtig für Vito ist, haben wir nicht bedacht, dass sie sich in dem normalen Leben kaum auskennt. Aber klar, wann soll sie schon mal Fahrstuhl gefahren sein? Und dass sie dieses Gourmet-Essen hier im Hotel besonders gut findet, ist verständlich, nach dem Leben, das sie bisher gelebt hat.

»Ich weiß es noch nicht. Vito hat noch nicht viel darüber erzählt ... wir bringen sie zu ihm und dann erfahren wir mehr.« Adam schüttelt nur leicht den Kopf.

»Es gibt einige Kinder, die im Kloster aufwachsen. Wieso hat Vito genau an ihr Interesse? Und woher kennt er sie?« Der Fahrstuhl hält und ich deute Adam, leiser zu sein. Auf all diese Fragen kenne auch ich noch nicht die Antwort, die werde ich schon noch bekommen.

Zusammen betreten wir die Suite, die ich mir mit Avalyn teile. Tizian und sie sitzen auf der Couch und sehen sich einen Film an, mein jüngerer Bruder begrüßt uns mit einem breiten Grinsen auf den Lippen.

»Sie hat noch niemals ferngesehen, das ist schon der zweite Film ...« Avalyn sieht kurz vom Fernseher weg und zu uns, doch die Schlussszene scheint sie mehr zu fesseln. Vor ihnen auf dem Tisch liegen mehrere Packungen Chips, Cola und Bier.

»Wie ich sehe, wart ihr shoppen.« Tizian deutet auf die Tüten, die ich in das Schlafzimmer bringe, in dem Avalyn schlafen wird, und hebt belustigt die Augenbrauen. In dem Moment schaltet sie den Fernseher aus, der Film ist vermutlich zu Ende.

»Zumindest ihr scheint euren Spaß gehabt zu haben.« Eine der Taschen mit dem ganzen Kosmetikkram reiche ich Avalyn direkt. »Hier, ich dachte, du könntest ein paar Anziehsachen und Badeartikel gebrauchen.« Avalyn nimmt die Tasche entgegen und wirft einen neugierigen Blick hinein. Sie nimmt einige der vielen Flaschen heraus und lächelt. »Danke, ich werde das gleich alles nutzen.« Sie steht auf und lächelt auch Adam dankbar an.

Müde lasse ich mich neben meinen Bruder aufs Sofa nieder und nehme mir ein noch nicht geöffnetes Bier. Mit einem Ohr höre ich, wie Avalyn sich die anderen Tüten ansieht und dann ins Bad geht. Müde reibe ich meine Augen. Das war ein langer Tag, die halbe Nacht ist auch schon rum, und ich sollte langsam schlafen gehen.

»Keine Ahnung, was mit dieser Frau ist, aber ich mag sie. Sie hat diese unschuldige Neugierde auf das Leben. Ich musste ihr in den letzten Stunden alles erklären. Sie ist völlig verrückt nach Popcorn und hat mich gebeten, morgen das Meer sehen zu dürfen. Sie hat es vom Balkon gehört, kann es aber nicht sehen. Sie war noch niemals am Meer, natürlich nicht, wie auch ...«

Tizian steht auf und nimmt sich eine Tüte Chips. Auch Adam und er werden müde sein. »Wie gesagt, ich mag sie, sie scheint noch nicht viel von der Welt gesehen zu haben ... und trotzdem hat sie mir erzählt, dass Colone ihr Lieblingsbier ist.«

Diese Aussage lässt mich doch wieder aufsehen, uns allen ist klar, dass hier mehr dahinterstecken muss, doch das überrascht mich erneut. »Viel Spaß beim Versuch, Antworten zu bekommen.« Auch Adam nimmt sich ein Bier, sieht mich noch einmal ernst an und dann gehen die beiden. Sie wissen, dass ich das schaffen werde, so müde ich auch bin.

Ich höre die Dusche im Bad, also gehe ich auf die Terrasse, trinke mein Bier und rauche. Das Hotel liegt direkt am Meer, ich lausche eine Weile dem vertrauten Geräusch und schließe die Augen, bis jemand neben mich auf die Terrasse tritt.

»Danke noch einmal für die Sachen, ich fühle mich gleich wie ein neuer Mensch.«

Das ... mein Blick gleitet über sie und tatsächlich steht eine ganz andere Frau vor mir. Immer noch ungeschminkt und ihre hellbraunen Locken fallen an ihr herab, doch sie trägt ein weißes Top und eine weiße kurze Shorts. Nun erkennt man genau, was für eine atemberaubende Figur sie hat, ihre Haut ist überall so hell und zart, sie ist schmal und doch hat sie Brüste, die sicher nicht ganz in meine Hand passen, und diese Beine ...

Ich hebe meinen Blick wieder und sehe in ihre neugierigen großen braunen Augen. »Darf ich?« Sie deutet zu meiner Zigarette, die ich mir gerade erneut angemacht habe. Sie nimmt sie mir aus der Hand und zieht daran. Mein Blick liegt weiter auf ihrem zarten Gesicht. Eine Mischung aus Verwunderung und Faszination trifft mich nicht zum ersten Mal heute und ich sehe wieder in Richtung Meer, nachdem sie mir die Zigarette zurückgegeben hat.

»Du bist voller Überraschungen.« Obwohl ich müde bin und es hasse, wenn ich in solch einer wichtigen Situation nicht ganz im Bilde bin, liegt ein Lächeln auf meinen Lippen.

»Es gibt vieles, was ich selbst nicht verstehe«, gesteht sie. »Ich weiß nicht einmal genau, wer ich bin, vielleicht habe ich jetzt endlich die Chance, es herauszufinden.« Nun hat sie all meine Aufmerksamkeit. »Erzähl mir, was du weißt.«

Avalyn lehnt sich gegen das Geländer, sodass sie mir gegenübersteht.

»Da gibt es leider nicht viel, ich wünschte, es gäbe mehr. Dein Onkel hat mich, als ich zwei war, auf den Straßen Puerto Ricos gefunden. Ich war Waise und er hat es nicht übers Herz gebracht, mich dazulassen. Ich kann mich an das Leben vorher nicht erinnern. Ich glaube, ich hatte eine Schwester, zumindest denke ich das, aber wie gesagt, ich war zwei. Ich erinnere mich, dass er mich zu sich nahm, aber seine Frau wollte das nicht.«

Verblüfft höre ich ihr zu. Aus Puerto Rico? Zumindest glaube ich ihr den Teil mit meiner Tante sofort, sie hat niemals Kinder um sich herum gemocht. »Dein Onkel hat mich ins Waisenhaus zum Kloster gebracht, in dem ich aufgewachsen bin. Er ist alle paar Monate zu mir gekommen, ist mit mir spazieren gegangen oder in die Stadt gefahren, um etwas essen zu gehen. Daran erinnere ich mich genau, ich habe diese Tage immer sehr gemocht. Ich meine, das Leben im Waisenhaus war in Ordnung, ich hatte Essen, ich hatte Freunde, die Schule war schwer und die Nonnen sehr streng. Doch es ging, ich hatte wahrscheinlich Glück, wer weiß, was passiert wäre, hätte dein Onkel mich nicht gefunden ...«

Einen Moment schweigt sie und ich krame in meinen Erinnerungen. Mir hat niemals jemand von einem Mädchen aus Puerto Rico erzählt.

»Als ich älter wurde, hat dein Onkel mich noch zweimal im Jahr besucht, ich habe ihn irgendwann gefragt, ob ich wie die anderen Kinder mit achtzehn das Waisenhaus verlassen darf, doch er war dagegen. Er wusste nicht, was er mit mir machen soll, doch er hat mir versichert, dass es eine wichtige Aufgabe für mich gibt, eine Aufgabe, die ihm und mir helfen wird und dass er mich holen lassen wird, wenn er weiß, dass es so weit ist. Solange darf ich das Kloster nicht verlassen. Mein achtzehnter Geburtstag liegt jetzt sechs Jahre zurück, ich habe jeden Tag auf den Tag gewartet, dass ich geholt werde und offenbar ist es nun so weit ... und du weißt nicht, was passieren soll?«

Nun ist sie es, die mich mit derselben Neugierde ansieht wie ich sie zuvor.

»Nein, noch nicht, aber das werde ich, das werden wir. Weißt du, wer wir sind, Avalyn?« Sie nickt und sieht mir in die

Augen. Diese Frau ist wunderschön, ich habe schon sehr viele hübsche Frauen in meinem Leben gesehen, aber habe nicht damit gerechnet, dass irgendwann eine vor mir steht und mich das so klar denken lässt. Auch das ist eine weitere Überraschung.

»Ja, das weiß ich. Da Luca, auch im Kloster erzählt man sich von der Macht eurer Familie, du bist sein Nachfolger, oder?«

Ich nicke und deute zu dem Bier vor mir. »Ich hätte gedacht, dass jemanden wie dich, die in einem Kloster aufgewachsen ist und kaum etwas von der Welt gesehen hat, das mehr schockieren sollte. Aber es scheint, dass du doch schon etwas mehr kennst als vermutet.«

Avalyn lächelt, es ist ehrlich und rein und ich erkenne, dass sie wirklich nicht mehr weiß und im Grunde genauso viele Fragen wie ich mit sich trägt.

»Ich habe mir nicht ausgesucht, im Kloster aufzuwachsen. Zita, meine beste Freundin, und ich haben irgendwann einen Weg gefunden, uns ab und zu aus dem Kloster hinauszuschleichen, in die nächste Stadt, ein wenig feiern und das Leben genießen, selten, aber wenn, dann haben wir es ausgenutzt.« Sie strahlt mich an und sieht zum Meer.

»Aber das richtige Leben kenne ich noch nicht, die vielen Städte, das Meer, diesen Luxus. Ich möchte noch so vieles sehen. Ich hoffe, ich kann deinem Onkel helfen bei dem, was er vorhat und dass ich dann Zita holen und anfangen kann, das Leben kennenzulernen.«

Ihre Augen funkeln vor Lebenslust und ein kalter Stein setzt sich in meinen Magen. Ich weiß nicht, was mein Onkel vorhat, doch ich kenne ihn gut genug, um zu ahnen, dass es nicht das ist, was Avalyn denkt.

»Mal sehen ... ich hoffe es für dich. Wir brauchen sicher noch zwei Tage. Morgen Abend fahren wir weiter ... und halten dann auf einem Landsitz von uns, wo es Pferde und einiges mehr gibt. Auch die nächsten Tage wirst du schon einiges sehen.«

Avalyn lächelt. »Dann sollte ich lieber mal schlafen gehen, diese ganzen Eindrücke sind doch mehr als erwartet und ich will morgen nichts verpassen.«

Sie wendet sich ab, doch hält noch einmal ein.

»Danke noch einmal, Leano, für all das hier. Du hast einiges von deinem Onkel, diese mächtige Ausstrahlung und alles und doch ... bist du anders. Danke.«

Ich spüre, wie sich meine Mundwinkel heben, auch wenn es nicht vom Herzen kommt, ich weiß nicht, was sie erwartet, doch ich habe das ungute Gefühl, dass es etwas anderes ist als das, was sie sich erhofft.

Ich sehe zu, wie sie auf ihren zarten Füßen zurück in den Raum treten will, sehe auf ihre Locken und muss lächeln. Dieses Mal ist es echt.

»Avalyn, ich habe das Gefühl, dass hinter dir noch viel mehr steckt als nur dieses Mädchen, was irgendwo in Puerto Rico gefunden wurde.«

Sie lächelt, wieder dieses Funkeln in ihren schönen Augen und der kalte Stein in meinem Magen wird größer, als sie richtig zu strahlen beginnt.

»Dieses Gefühl habe ich schon mein ganzes Leben lang.«

Avalyn

Sanfte Sonnenstrahlen kitzeln meine Nase, und auch wenn ich immer noch müde bin, blinzle ich und öffne langsam meine Augen.

Traumhaft. Wie oft mir dieser eine Gedanke wohl gekommen ist, seit ich das Kloster verlassen habe. Ohne mich zu bewegen, um diesen Anblick nicht zu zerstören, gleitet mein Blick durch den sonnendurchfluteten Raum. Die hellen Gardinen, die durch den warmen Wind des leicht geöffneten Fensters wehen, streifen über den teuren Boden. Ich rieche das Salz des Meeres und atme tief ein.

Es ist das erste Mal, seitdem ich meine Erinnerungen bewusst wahrnehme, dass ich nicht in den Mauern des Klosters wach werde. Bis jetzt weiß ich noch nicht, was mich genau erwartet, doch ich weiß zumindest, dass alles besser ist als das Leben, das ich bisher geführt habe.

Allein dieses Wissen lässt mich freudig aus dem Bett steigen. Als Erstes nehme ich mir aus einer der vielen Tüten, die ich gestern einfach abgestellt habe, ein hellblaues Sommerkleid, was mir gestern bereits ins Auge gestochen ist. Es geht bis kurz über meine Knie und hat zarte Träger, es ist nicht ganz so sexy und glänzend wie die Kleider, die die meisten Frauen immer im Club getragen haben, doch es sieht sehr elegant in seiner Schlichtheit aus.

Dann gehe ich ins Bad, mache mich frisch, binde mir meine Haare mit der Haarspangen hoch, die Leano mir gestern mitgebracht hat, creme mich ein, trage etwas Wimperntusche auf und erst dann gehe ich in den Wohnbereich dieser geräumigen Suite.

Hier duftet es nach Kaffee und Gebäck. Erst beim zweiten Blick bemerke ich, dass Leano auf der Terrasse sitzt. Ein gemütlicher Esstisch, der bereits gut gefüllt ist, steht etwas seitlich auf der Terrasse. Ich entdecke Eier, Croissants, Pancakes, frisches Brot, Käse, Wurst … mein Magen zieht sich hungrig zusammen. Normalerweise frühstücken wir sehr früh, da wir ja immer sehr zeitig aufstehen. Ich würde auch nicht sagen, dass das Essen im Kloster schlecht war, es war sehr gesund und genau das, was man braucht, nicht mehr und nicht weniger, doch all diese verlockenden Sünden auf dem Tisch …

»Guten Morgen, ich hoffe, du hast Hunger.« Leanos dunkle Stimme lässt mich zu ihm blicken. Gerade hatte er noch sein Handy in der Hand, jetzt sieht er mich aus seinen dunklen durchdringenden Augen an und ein Schmunzeln liegt auf seinen schön geschwungenen Lippen. Diese Wärme habe ich nicht erwartet, er wirkt viel kälter als sein Bruder, doch jetzt scheint er besser gelaunt zu sein.

Er trägt eine graue Shorts und ein weißes Shirt, seine Haare sind noch feucht, doch seine Augen sind sehr wach, sicherlich viel wacher als meine. »Ja, das habe ich. Danke, was ist das alles?« Ich setze mich ihm gegenüber und greife nach einer Scheibe Ananas, bevor ich mir einen Toast ansehe, der nach Zucker und Zimt duftet. »Das ist French Toast, probiere einfach alles, wie magst du deinen Kaffee?« Einen Moment zögere ich, natürlich gab es im Kloster auch Kaffee, aber halt nur Kaffee, ich weiß nicht wie viele Varianten es davon gibt, deswegen tue ich mir weiterhin auf. »Oh, mit Milch und … sonst nichts.« Leano steht auf, ich höre, dass er im anderen Raum etwas macht, dann stellt er mir ein großes Glas mit viel Milchschaum und einigen Päckchen Zucker hin.

»Danke. Hast du überhaupt etwas Schlaf bekommen? Als ich ins Bett gegangen bin, warst du noch wach und jetzt wieder, wie lange habe ich eigentlich geschlafen?« Ich nippe an dem Kaffee und würde am liebsten die Augen verdrehen, so lecker ist er. »Habe ich, etwas, momentan ist viel zu tun, es gibt auch wieder Zeiten, in denen ich mehr Schlaf bekomme. Es ist gleich zwölf Uhr mittags. Anscheinend hast du den Schlaf gebraucht. Adam und ich müssen gleich los zu einem Termin. Tizian bleibt bei dir, wenn wir wiederkommen, fahren wir weiter. Morgen bleiben wir einen Tag auf unserem Anwesen auf dem Land und dann erreichen wir auch schon … meinen Onkel.«

Auch wenn ich endlich wissen möchte, was auf mich zukommt, würde ich diese Zeit am liebsten noch hinauszögern, ich konnte nie etwas von der Welt außerhalb des Klosters sehen und jetzt kann ich mich gar nicht sattsehen. Obwohl ich zugeben muss, dass ich auch gern zu Leano sehe, der zugegebenermaßen einer der attraktivsten Männer ist, denen ich bisher begegnet bin, gleitet mein Blick immer wieder zum Meer, das sich nur wenige Schritte von unserer Terrasse entfernt befindet. Ich kann von hier sogar die Liegen und Strohschirme sehen, die überall am Strand stehen.

Auch wenn es mir schwerfällt, sehe ich wieder davon weg und direkt in Leanos Augen. »Okay, das klingt gut. Ich freue mich.« Am liebsten würde ich wieder zum Meer sehen, doch in dem Moment legt Leano seinen Kopf schief und sein Blick wird noch dunkler, als würde er versuchen, mich zu durchschauen. »Tust du das? Weißt du, was auf dich zukommt, du bist so unbekümmert? Ich meine, das muss dich doch nervös machen, all das. Mir kommt es fast so vor, als hättest du nur darauf gewartet, jetzt hier zu sein.«

Wenn er doch die Nachfolge seines Onkels übernehmen soll, sollte er dann nicht genau wissen, was vor sich geht? Vielleicht testet er mich auch nur. Ich werde einfach ganz ehrlich sein, so wissen wir alle, wo wir stehen. »Das habe ich im Grunde auch.« Leano beugt sich über den Tisch ein wenig weiter zu mir. Mein Blick gleitet über seine goldbraune Haut an seinen Armen, das Tattoo an seinem Arm, er hat eine breite Männerhand und er trägt keinen Ring.

»Aber hast du keine … Angst oder zumindest Fragen? Ich weiß das Ganze erst seit wenigen Tagen und verstehe gar nichts ...« Es scheint so, als wüsste er wirklich nicht mehr. Ich denke, wenn man nicht so aufgewachsen ist wie ich oder die anderen Kinder im Kloster und im Waisenhaus, wird man unsere Geduld und unsere Einstellung niemals ganz nachvollziehen können.

»Ich weiß nicht, ich kann versuchen, es dir zu erklären. Ich hatte natürlich Unmengen von Fragen. Damals hat immer eine bestimmte Nonne auf mich aufgepasst, bis ich unterrichtet wurde, dann haben diese Aufgabe alle übernommen. Sie hat mir damals immer gesagt, dass ich neugierig für zwei bin, wie ein kleiner wilder Junge. Sie hat mir erzählt, dass man mich irgendwo auf den Straßen Puerto Ricos gefunden hat und dass das wahrscheinlich mein Temperament ist. Soweit ich mich erinnern kann, habe ich schon sehr früh Fragen gestellt. Ich habe nicht verstanden, wieso immer wieder Eltern gekommen sind und meine Freunde mitgenommen haben. Viele haben neue Eltern gefunden, doch ich nie. Zu mir kam immer nur wieder dieser Mann, vor dem alle anderen Angst hatten; auch wenn ich noch zu jung war, habe ich das immer gespürt.«

Damals kam mir Vito so unglaublich mächtig vor, ich hatte nie Angst vor ihm, er war immer gut zu mir und doch wusste ich, so klein ich auch war, dass er anders als die Väter war, die einmal im Monat kamen und sich uns Kinder angesehen haben. »Die Nonnen haben mir von Anfang an gesagt, dass ich froh sein kann, dass Vito mich gefunden hat und sich um mich kümmert. Sie haben mir klargemacht, dass ich ohne ihn tot wäre. Sie haben mir auch gesagt, dass ich bei ihnen bleiben muss, dass ich keine neue Familie bekomme, da ich zu Vito gehöre. Ich habe das nie verstanden. Wenn ich zu ihm gehöre, wieso bin ich dann dort, wieso nimmt er mich nicht mit …? Ich habe ihn das irgendwann gefragt und er hat gesagt, dass das nicht geht. Seine Frau will keine Kinder. Dass ich im Kloster sicher sei und ich aber nun ein Teil der Familie bin und er irgendwann einen Platz für mich darin finden wird, eine Aufgabe. Solange muss ich geduldig sein und dass ich sicher im Kloster bin.

Irgendwann habe ich nicht mehr so viele Fragen gestellt, ich habe begriffen, dass ich keine Antworten bekommen werde, noch nicht. Doch ich war schon immer sehr wachsam, ich habe gemerkt, dass ich anders behandelt werde als die anderen Mädchen. Ich durfte keine neuen Eltern haben, doch ich musste auch nicht als Nonne erzogen werden, wie sie es bei den meisten anderen versucht haben. Wenn wir Ärger bekommen haben, habe ich meistens kaum etwas abbekommen, die Nonnen mussten mich gut behandeln und dass sie es getan haben, hat mir wiederum klargemacht, wie mächtig Vito ist. Manchmal haben sie mir gesagt, dass Vito einer der mächtigsten Männer Europas ist und ich mich bloß benehmen soll. Ich meine, für mich war es ein Abenteuer, mich heimlich auf die Mauern zu schleichen und in den Wald zu gucken, aber ganz Europa, das war unvorstellbar für mich.«

Ich muss lächeln und auch auf Leanos Lippen legt sich ein mildes Lächeln. »Keine Ahnung, irgendwann habe ich gar nicht mehr sehr viel darüber nachgedacht, ich hatte meine Freundinnen und wir haben das Beste aus unserem Leben gemacht. Du musst verstehen, dass nur weil man im Kloster aufwächst, man nicht automatisch zur Nonne wird. Die Nonnen merken sehr schnell, welche Kinder den Weg gehen, den auch sie eingeschlagen haben und welche Kinder sie eher einfach nur im Auge behalten und das Schlimmste verhindern. Ich war von Anfang an viel zu neugierig. Dann kamen immer wieder Kinder, die von ihren Familien oder Familiengerichten zu uns gebracht wurden, um für ein paar Jahre in die Obhut des Klosters zu kommen. Darunter war auch Zita. Sie hat mir alles von draußen erzählt, von den Jungs, von dem Spaß, den man haben kann. Sie hat mir gezeigt, wie man sich küsst und mit ihr bin ich auch das erste Mal aus dem Kloster geflohen, um in der Stadt feiern zu gehen.«

Leano hebt die Augenbrauen, lässt mich aber weitersprechen.

»Ich denke, erst als ich dann irgendwann älter wurde und alle Pläne hatten, mit achtzehn das Kloster zu verlassen, habe ich wieder angefangen, Fragen zu stellen. Es gibt einige, die das Kloster nicht verlassen durften, auch nicht mit achtzehn, wie Zita. Sie ist nicht zu uns gekommen, weil ihre Eltern tot sind, sondern weil sie viele Dinge getan hat und auch sie eines der Kinder war, bei dem ein Gericht ihr als Strafe aufgetragen hat, bei uns zu leben, bis sie 25 ist. Sie muss sich daran halten, um nicht im Gefängnis zu landen. Ab einem gewissen Alter gab es dann nur noch diese beiden Gruppen von Frauen. Die, die dort sein mussten und die, die Nonne werden wollten.

Also habe ich wieder angefangen, Fragen zu stellen, ich wollte unbedingt das Kloster verlassen. Vito hat mir immer wieder gesagt, dass der Tag kommt, wo er mich holen lassen wird, somit habe ich hierauf gewartet, deswegen bin ich einfach nur froh, dass es so weit ist. Wahrscheinlich hätte ich auch vorher fliehen können, ich habe ganz ehrlich oft daran gedacht, doch da mir ja eingebläut wurde, wie mächtig Vito ist, habe ich mich das nie getraut.«

Mittlerweile ist mein Kaffee alle, aber ich habe noch nichts gegessen, Leano sieht mir weiter in die Augen, als würden ihm noch weitere 1000 Fragen im Kopf umherschwirren, doch dieses Mal bin ich schneller. »Wie kommt es, dass du nicht weißt, was mich erwartet. Du bist doch sein Nachfolger?« Endlich schneide ich mir ein Stück Toast ab und erlebe die nächste Geschmacksexplosion in meinem Mund. Wie konnte ich nur jemals ohne all das überleben?

»Das frage ich mich auch. Ich kann mir vorstellen, dass du nicht viel über die Sacra Notte weißt, außer wie mächtig wir sind. Seit einigen Jahren schon leite ich die Geschäfte, du hast ja sicherlich selbst gesehen, dass mein Onkel mittlerweile zu alt dafür ist, er ist meistens auf seinem Wohnsitz im Gebirge. Bisher dachte ich immer, ich wüsste alles, doch nun mit dir … ich habe bis vor wenigen Tagen nichts von dir gewusst, nie von einem kleinen Mädchen aus Puerto Rico gehört. Meine Tante konnte selbst keine Kinder bekommen, sie hat immer sehr darunter gelitten, doch meinem Onkel hat das nichts ausgemacht. Es war sehr schnell klar, dass ich seine Nachfolge antrete und nach dem Tod meiner Eltern hat er meinen Bruder und mich wie seine eigenen Söhne großgezogen. Meine Tante war eine gute Frau, vor zwei Jahren ist auch sie leider gestorben. Sie hat es nicht gemocht, Kinder um sich herumzuhaben, doch nur, weil es ihr zu sehr wehgetan hat. Da ich nicht wusste, dass es dich gibt, weiß ich auch noch nicht, was das alles auf sich hat, aber ich schätze, sobald wir zurück bei

76

meinem Onkel sind, werden wir beide Antworten darauf bekommen.«

Der French Toast war köstlich, ich höre Leano zu und nicke, während ich mir ein Croissant und Marmelade nehme. Ich spüre weiter den Blick von Leano auf mir, ich scheine ihm ein Rätsel zu sein und ja, irgendwie verstehe ich ihn sogar, im Grunde wurde ich die ganze Zeit im Kloster versteckt, doch wieso und wozu, weiß niemand von uns so richtig. Nur bin ich viel zu aufgeregt mit all diesen neuen Empfindungen, Geschmäckern und Erlebnissen, um mir allzu viele Gedanken zu machen und das Hier und Jetzt nicht zu genießen. Das alles hier ist mehr, als ich die letzten Jahre erlebt habe.

»Hast du gar keine Angst vor der Antwort, vor dem, was mein Onkel von dir will?« Nun hat er doch wieder meine Aufmerksamkeit. »Wenn du Angst vor der Antwort hast, darfst du niemals Fragen stellen. Im Gegenteil, ich will wissen, was mich erwartet, ich weiß, dass ich deinem Onkel viel verdanke, ich werde tun, was er will und dann werde ich ihn bitten, endlich gehen zu können. Dann fängt mein Leben an, verstehst du? Also nein, ich habe keine Angst, ich will dieses Leben, ich will diese Freiheit, diesen Geruch vom Meer. Wenn ich erledigt habe, was ich zu tun habe, werde ich meine Freundin holen und durch die Welt ziehen, vielleicht kehre ich nach Puerto Rico zurück und sehe, wie das Land ist, das ich nie kennenlernen konnte, vielleicht fahren wir durch Europa, wir haben Stunden in unseren Betten gelegen und Pläne geschmiedet. Aber jetzt, wo ich am Meer bin ... ich denke, ich werde erst einmal eine Weile am Meer bleiben und ...«

Plötzlich ertönen Stimmen und im nächsten Moment stehen Adam und Tizian bei uns. »Wir sind schon zehn Minuten zu spät, ich dachte, du kommst rüber, lass uns los!« Adam schnappt sich ein Croissant und steckt sich dabei eine Waffe in den Hosenbund, nicht ohne mir zuzuzwinkern und gleichzeitig Leano zu deuten aufzustehen. Adam und auch Tizian sind attraktive Männer, ich bin mir absolut sicher, dass sie alle sehr begehrte Junggesellen sind, zumindest hat keiner von ihnen einen Ring am Finger. So gut aussehend, sie scheinen eine Menge an Reichtum zu haben und sie sind die mächtigsten Männer Europas, wenn man allem, was ich gehört habe, glauben kann. Ich sehe sie alle drei und lehne mich ein wenig zurück, um sie zu betrachten.

Leano nimmt Adam das Handy ab und liest eine Nachricht. Gerade noch hat er mich neugierig ausgefragt, jetzt wirkt er wieder kühl und unnahbar. Er kann innerhalb von Sekunden seine ganze Ausstrahlung ändern.

Er sieht mir noch einmal in die Augen, dann nickt er, als wolle er mir sagen, dass wir uns später weiter unterhalten, wobei wir beide ja die Grenze kennen, viel mehr wissen wir nicht. Sein jüngerer Bruder nimmt Leanos Platz ein und ich sehe noch einmal zwischen ihnen hin und her. Mir wird noch einmal bewusst, dass sie alle attraktiv sind, doch Leano ist noch einmal mehr: mächtiger, hübscher und anziehender. Neben der Neugierde auf das, was mich hier alles erwartet, erwacht auch so langsam eine andere Art an Interesse.

Ich sehe ihnen hinterher, doch keiner der beiden schenkt mir noch einen Blick. »Sobald wir zurück sind, fahren wir.« Leanos dunkle Stimme füllt den Raum. Mit diesen Worten verlassen die beiden die Suite, ich sehe ihnen weiter hinterher und dann zu Tizian, der sich zurückgelehnt hat und mich einen Moment mustert.

Im Gegensatz zu seinem älteren Bruder, den ich bisher sehr ernst erlebt habe und dem allerhöchstens mal ein Lächeln entgleist, grinst er mich wieder frech an und zieht herausfordernd die Augenbrauen hoch.

»Also, da ich die Ehre habe, dich heute weiter zu unterhalten, was machen wir zwei Hübschen, solange die beiden sich amüsieren?« Zwei Grübchen bilden sich auf seinen Wangen, ich mag ihn jetzt schon sehr und grinse ihn zurück an.

»Da fällt mir eine Menge ein ...«

Leano

'Wo steckt ihr?'

Wir wollten schon vor Stunden zurück sein, doch es hat länger gedauert. Um unsere Ware schneller von A nach B zu bekommen, wollen wir eigene Frachter benutzen, ohne lange Wartezeit, ohne Kontrollen, all das bringt allerdings viel Arbeit mit sich, heute sind wir ein gutes Stück vorangekommen, und wenn wir Glück haben, bekommen wir in zwei Monaten die ersten zwei Schiffe.

Es hat sich gelohnt, auch wenn wir uns jetzt beeilen müssen.

»Ich gehe schon mal meinen Kram holen.« Adam knackt seine Schultern. Ich habe nicht einmal etwas ausgepackt, von daher muss ich das nicht tun. Heute Morgen habe ich alles wieder in meine Tasche geschmissen, die ich auch schon im Auto habe.

'Am Meer natürlich, wo sonst?'

Mit schnellen Schritten gehe ich über die Terrasse des Hotels durch die Gartenanlage direkt auf den Strand, der zum Hotel gehört.

Der Himmel ist mittlerweile in ein helles Rot getaucht, da die Sonne langsam hinter dem Horizont versinkt. Der Ozean glitzert im leichten Abendlicht, während die Wellen sanft an den Strand rollen. Mir ist der Strand um diese Zeit fast noch lieber als am Tag.

Ich will so schnell wie möglich los. Das hier zählt nicht zu meinen Aufgaben und es nervt mich immer mehr. Ich bin nicht dafür da, irgendwelche mysteriösen Frauen herumzukutschieren und nicht einmal den richtigen Grund dafür zu kennen.

Tizian sitzt an der Strandbar und hebt sein Glas. »Habt ihr es jetzt endlich geschafft?« Mein Blick schweift über die wenigen Menschen, die noch hier am Meer sind. Auch wenn ich mich auf meine Geschäfte konzentriere, musste ich immer wieder an diese zarte Schönheit denken, aus deren Geschichte ich einfach nicht schlau werde. Auch wenn mich das hier nervt, bekomme ich diese Frage und auch sie nicht ganz aus dem Kopf. Ihre Worte heute haben mir gezeigt, dass sie keine Ahnung hat, was sie erwartet, wir beide wissen es nicht, doch ich habe das ungute Gefühl im Bauch, dass sich ihre Hoffnungen auf eine baldige Europareise nicht erfüllen werden.

»Haben wir, wo steckt sie? Was habt ihr getan?« Mein kleiner Bruder bestellt noch zwei kalte Getränke und da entdecke ich sie. Avalyn steht im flachen Wasser, das bis zu ihren Oberschenkeln reicht. Ihr heller Teint leuchtet im warmen Licht des Sonnenuntergangs und ihr hellbraunes, welliges Haar fällt wie ein Schleier über ihre Schultern. Sie bewegt sich mit einer Sanftheit im Wasser, die mich sofort in den Bann zieht. Sie ist mehr als nur schön, sie ist ungewöhnlich und besitzt eine Ausstrahlung, die mir jedes Mal, wenn ich sie ansehe, den Atem raubt.

Mein Blick gleitet über ihre Figur, sie trägt einen schwarzen Bikini, und ich kann ihren runden Po sehen, ihre zarte Taille …

»Oh Mann, ich ahne es schon …«

Mein Bruder drückt mir ein Glas Cola in die Hand, nach einem Schluck wird mir klar, dass da noch mehr drin ist, etwas Härteres, doch genau das kann ich gebrauchen und leere das Glas. »Was ahnst du? Was habt ihr getan?« Ich lasse Avalyn nicht aus den Augen und bemerke, dass hier noch einige Männer auf den Liegen liegen, die sie genau wie ich im Auge behalten. Ich kann es ihnen nicht einmal verdenken …

»Was haben wir nicht getan? Sie hat mich überredet, auf den Marktplatz zu gehen, weil dort gerade Wochenmarkt war, dann waren wir im Spa und sie hat eine Massage bekommen, weil die Frau an der Rezeption ihr das unbedingt erzählen musste, dann sind wir zum Strand, weil sie das Meer nicht kennt. Dann habe ich sie hier nicht mehr wegbekommen …«

Ich kenne meinen Bruder, normalerweise wäre er genervt, doch das ist er nicht. Er sieht genau wie ich zu Avalyn, die im Meer steht und der Sonne dabei zusieht, wie sie sich vom Tag verabschiedet.

»Sie ist eine besondere Frau, Leano, und das meine ich nicht wegen dem Offensichtlichen. Ich mag sie. Sie hat diese Lebensfreude über all die Kleinigkeiten, die wir gar nicht mehr bemerken und dann diese Neugierde. Man merkt schnell, dass sie eine Latina ist, auch wenn sie etwas heller ist, und sie ist neugierig. Sie hat immer wieder nach der Sacra Notte gefragt, was wir tun. Ich habe ihr nur das gesagt, was sie wissen darf und sie hat auch immer wieder nach uns gefragt, besonders nach dir … und ich kenne diesen Blick von dir nicht. Du siehst Frauen nie so an, wie sie … also ahne ich, dass ich dich ermahnen muss.«

Ein Auflachen entfährt mir, auch wenn ich noch immer nicht meinen Blick von Avalyn nehme. »Du mich ermahnen? Ich bin der Einzige, der sich unter Kontrolle hat, immer. In allen Bereichen.« Tizian legt den Arm um mich. »Absolut, doch dieses Mal … ich weiß nicht. Abgesehen davon, dass wir nicht wissen, was Vito vorhat. Sie ist eine Latina, du bist Italiener, das geht niemals gut, da kann man sich nur verbrennen, also wie gesagt: Wir waren am Strand, sie kann nicht schwimmen, kommt aber trotzdem nicht aus dem Wasser. Ich musste sie zwingen, packen zu gehen und Mittag zu essen und jetzt sind wir wieder hier. Ich bringe mein Zeug und ihres zum Auto. Viel Glück beim Versuch, sie vom Meer wegzubekommen.«

84

Mein Bruder hatte schon immer viel Blödsinn im Kopf, natürlich gefällt sie mir, welchem Mann würde sie nicht gefallen? Doch viel mehr Interesse als etwas Spaß habe ich nicht an Frauen, das macht mein Leben einfacher. Ich schnappe mir eines der frischen Strandhandtücher an der Bar und gehe zum Meer. Sie sieht weiter zu, wie die Sonne untergeht.

»Hey, ich störe dich wirklich ungern, aber wir müssen los.« Sie wendet sich um, das Wasser bewegt sich mit ihr und ein Lächeln umspielt ihre Lippen, was ich bisher noch nicht gesehen habe. »Ich liebe das Meer.« Ich breite das Handtuch aus, um ihr zu zeigen, dass es Zeit wird. »Das glaube ich dir und ich bin mir sicher, dass du es bald wiedersehen wirst.«

Man sieht ihr an, dass sie es nicht gerne tut, doch sie kommt aus dem Wasser und wieder kann ich meinen Blick nicht von ihr wenden. Alles an ihr strahlt eine verführerische Mischung aus Unschuld und gleichzeitig Wildheit aus, die man gar nicht zuordnen kann. Sie hat einen traumhaften Körper, ihre Oberweite ist größer, als ich es vermutet habe und alles passt perfekt zusammen, sie hat eine schmale Taille, doch einen Po, der größer und praller ist als die meisten anderen hier am Strand, sehr sexy. Auch ihre Oberschenkel sind nicht zu schmal, sie hat eine Figur wie eine Sanduhr, ich bin mir sicher, dass manche Frauen viel Geld dafür bezahlen, um so auszusehen, und sie hat all das im Kloster versteckt.

Ihre braunen großen Mandelaugen finden meine. Das Wasser plätschert leise um ihre Beine, als sie aus dem Meer tritt und sich von mir in das weiche Handtuch hüllen lässt. »Ich habe gehört, dass ihr Spaß hattet?« Sie lacht leise, ein Klang, der mir gefällt und mich selbst lächeln lässt. »Ich mehr als dein

Bruder. Wo steckt der eigentlich?« Sie bindet das Handtuch fest um sich und lächelt mich weiter an.

Vermutlich hat Tizian gar nicht so unrecht, sie gefällt mir und doch weiß ich, was ich zu tun habe. »Der ist schon am Auto, bist du bereit weiterzufahren?«

Nun kommt sie näher zu mir, ihre Augen wirken in diesem Licht noch dunkler und ihre Hand legt sich an meine Brust. Auch wenn ich überrascht bin über die Nähe, die sie sucht, lasse ich es zu und sehe ihr weiter in die Augen. Sie wird mein Interesse darin erkennen. »Fragst du mich das wirklich? Was ist, wenn ich nein sage?« Sie ist jetzt so nah an mir dran, dass ich ihren süßen Atem an meinen Lippen spüre, ich sollte sie nicht unterschätzen, nur weil ich sie aus einem Kloster abgeholt habe.

Einen Moment weiß ich nicht, was ich sagen soll und das gibt es nicht oft, ich bin nie sprachlos, doch in dem Moment, als ihre Hand von meiner Brust zu meinem Bauch gleitet, mein Shirt hochhebt und sie das Shirt über meine Waffe streift, die man gesehen hat, sodass niemand sie mehr sieht, bin ich tatsächlich überrumpelt und sprachlos.

Mein Körper reagiert sofort auf diese kleine unschuldige Berührung und ich würde am liebsten auffluchen, als sie mich wieder unschuldig anlächelt.

»Aber da wir beide wissen, was wir zu tun haben, gehe ich mich schnell umziehen, damit wir loskönnen.«

Sie ist ebenso schnell wieder weg, wie sie mir nahegekommen ist, beugt sich zu ihrer Tasche und verschwindet in den kleinen Kabinenbereich.

Tausend Flüche schwirren mir in meinen Gedanken, doch kein Einziger kommt über meine Lippen. Tizian hat absolut recht, ich muss aufpassen.

Avalyn

Ein anziehender Duft umhüllt mich und lässt mich meine Augen noch einen Moment länger geschlossen halten. Wir sind vor einer Weile ins Auto gestiegen.

Am Anfang saß ich mit Adam hinten, der nach wenigen Minuten eingeschlafen ist. Leano ist gefahren und irgendwann muss auch ich eingeschlafen sein. Auch wenn ich hier mehr schlafe als vorher, bin ich die ganze Zeit müde. Vielleicht liegt es daran, dass ich viel mehr Eindrücke zu verarbeiten habe als normalerweise.

Irgendwann haben wir gehalten, ich habe halb mitbekommen, wie die Männer die Plätze gewechselt haben, und als ich jetzt wach werde, liege ich nicht mehr mit meinem Kopf wie vorher an der Fensterscheibe, mein Kopf liegt auf einer Schulter, meine Nase an einem Hals, jetzt erkenne ich den Duft, ich habe auf Leanos Schulter geschlafen.

Langsam werde ich wacher, er muss nach hinten gekommen sein, doch statt wie Adam auf der anderen Seite hat er sich zu mir gesetzt und ich habe ihn als Kissen genutzt.

Ich ziehe mich sachte zurück, er schläft, sein Gesicht ist mir zugewandt, wir müssen eng aneinander geschlafen haben. Ich schüttle leicht den Kopf und treffe auf Adams Blick im Rückspiegel … und sie haben das die gesamte Zeit beobachtet.

»Guten Morgen, du bist genau richtig wach geworden, wir sind in wenigen Minuten da.«

Ich setze mich noch mehr auf, was auch Leano sich bewegen lässt. »Wo sind wir?« Es ist bereits hell, als ich jetzt aus dem Fenster sehe, doch es muss noch am Morgen sein. Offensichtlich sind wir die Nacht durchgefahren.

»Wir sind auf dem Land, hier haben wir eine Ranch, kurz dahinter fangen die Berge an, in denen Vito mittlerweile lebt, morgen früh fahren wir dorthin, doch heute haben wir noch eine Besprechung und der Weg ist zu schwierig, um nachts zu fahren, deshalb bleiben wir ein paar Stunden hier. Es wird dir gefallen. Vitos Frau hat es damals eingerichtet, sie hat eine Weile in Amerika auf einer Ranch gewohnt, als sie ein Kind war und es wurde genauso gehalten. Es gibt hier viele Pferde und alle möglichen anderen Tiere, das Grundstück ist riesig, du wirst dich relativ frei bewegen können.«

90

Auch Leano neben mir setzt sich nun richtig auf und knackt seine Schulter. »Du solltest mich doch wach machen.« Adam sieht wieder zwischen uns beiden hin und her. »Ihr beide scheint den Schlaf gebraucht zu haben. Wir werden schon erwartet.«

Hier gibt es nichts. Es ist alles flaches Land und steinige Straßen, doch dann fährt Adam zwischen zwei Büschen durch und vor uns tut sich ein großes schwarzes Tor auf, das aufgeschoben wird und hinter dem ein paar Männer warten.

Wir halten bei den Männern. Tizian öffnet das Fenster und begrüßt die Männer, die alle ins Auto sehen und uns begrüßen, mir nicken sie zu. Tizian steigt direkt aus.

»Das ist Diego, der Mann mit dem roten Shirt, er ist Leanos und Tizians Cousin und war mit den Männern für einige Tage in Deutschland, um einiges zu erledigen, deswegen später die Besprechung ...« Es ist nett, dass Adam versucht, mir alles zu erklären. Ich denke nicht, dass es für mich eine größere Bedeutung hat, da ich, wenn es so läuft wie Adam sagt, morgen erfahren werde, was von mir erwartet wird und dann meinem Weg zur Freiheit nicht mehr viel im Weg steht. Ich weiß sein Bemühen trotzdem zu schätzen und sehe mir das Haus an, auf das wir zufahren. Es ist in die Breite gebaut und hat nur zwei Stockwerke, überall laufen Hühner herum, in einem abgetrennten Bereich sind Kälber, die auf der grünen Wiese grasen, es gibt unzählige Bäume und Felder, es ist wirklich schön hier.

Adam hält genau vor dem Haus und steigt aus. Leano neben mir reibt sich die Augen, greift an mir vorbei und öffnet für mich die Tür. »Entschuldige, dass ich dich als Kissen genutzt habe.« Obwohl er noch müde ist, lächelt er. »Schon in Ordnung, ich habe schon Schlimmeres erlebt.« Eine Frau kommt aus dem Haus und lächelt uns an. Sie ist etwas älter und trägt passend zu dem Haus und der Umgebung ein rosafarbenes weites Kleid mit einer Schürze. »Da seid ihr ja endlich, ich habe euch schon einen kleinen Brunch vorbereitet und heute Abend wird gegrillt. Oh, du musst Avalyn sein, willkommen.« Die Frau hilft mir beim Aussteigen und lächelt dabei freundlich. »Avalyn, das ist Marta, die gute Seele hier, die alles im Griff hat. Ich sterbe vor Hunger, Tamer, bring mal die Taschen hoch, Marta zeigt dir dein Zimmer, Avalyn.« Adam verteilt Anweisungen und man spürt, dass er das nicht zum ersten Mal tut. Als ich mich umwende, ist Leano schon auf dem Weg zu den anderen Männern, die noch immer am Tor stehen.

»Komm, ich zeig dir alles.« Marta nimmt mich mit ins Haus, während ein Mann, den ich bisher gar nicht registriert habe, meine zwei Taschen trägt. Das ist doch verrückt, vor zwei Tagen hatte ich noch keinen Besitz, jetzt habe ich zwei Taschen voll, wobei ich mir nichts selbst gekauft habe. Irgendwann in einigen Monaten habe ich vielleicht die Möglichkeit zu arbeiten, allein der Gedanke, mein eigenes Geld zu verdienen, lässt mich innerlich aufjauchzen.

»Wow.« Das Innere der Ranch lässt mich dann noch einmal einhalten, hier ist alles perfekt aufeinander abgestimmt. Dunkle Holzböden, dunkle Möbel, große Schalen mit frischem Obst, überall stehen Vasen mit bunten Blumen, es duftet nach frisch gebackenem Brot und Eiern, die Türen zu allen Seiten stehen offen und auf der gegenüberliegenden Seite sieht man direkt auf eine bunte Blumenwiese. Es muss fantastisch sein, hier zu leben. »Es ist wunderschön.« Marta deutet mir zu den Treppen. »Nicht wahr, das ist es. Ich liebe es, jeden Morgen hier wachzuwerden, hin und wieder kommen diese verrückten Kerle und ich habe einiges zu tun, doch den Rest der Zeit ist es hier sehr friedlich.«

Der Mann, der hinter uns läuft und meine Taschen trägt, lacht auf. »Ach tu nicht so, du liebst uns doch und wenn wir nicht da sind, vermisst du uns.« Sie lacht auf. »Also dich nicht, mein Lieber, ich kann nicht fassen, dass ein Mann in deinem Alter noch solch schmutzige Socken haben kann, wie schafft man das?«

Im oberen Stock ist einfach nur ein langer Flur mit vielen Türen, er öffnet die dritte Tür und stellt meine Taschen ab, dann ist er auch schon wieder verschwunden, während ich mich umsehe. Es ist ein kleineres Zimmer, aber wunderschön eingerichtet. Ein massives Bett mit verzierten Bettposten und einem Betthimmel, überall hängen weiße Schals, am Bett, an den Fenstern, es gibt noch einen Schrank und eine Kommode und ein Bett, es passt genau ins Haus.

Dankbar wende ich mich zu Marta um. »Danke.« Sie tätschelt liebevoll meinen Arm. »Nimm dir Zeit und ruh dich aus, unten gibt es Essen.« Sie lächelt mich noch einmal warm an und schließt dann die Tür hinter sich, sodass ich alleine bin.

Mein Magen knurrt, deswegen will ich mich frisch machen und etwas essen gehen, doch erst einmal öffne ich die Fenster und sehe dabei, dass die Männer zum Haus kommen. Einen

Moment bleibe ich so hinter der Gardine stehen, dass die Männer mich nicht sehen können, ich sie aber schon. Das ist also die Macht Italiens. Sie alle wirken gefährlich, haben etwas an sich, was einem ohne Worte sagt, dass sie schon mehr gesehen und getan haben als die meisten Menschen. Aber was man auch sofort spürt, ist das Vertrauen zwischen ihnen, sie sind eine Einheit, bis auf Leano und auch ein wenig Tizian. Man spürt, dass sie es sind, die diese Einheit leiten.

Mein Blick gleitet zu Leano, noch immer liegt sein Duft in meiner Nase. Bisher habe ich so etwas noch nie gefühlt. Ich hatte keinen Kontakt zu Männern, nicht so. Den einzigen Mann, den wir regelmäßig gesehen haben, war der Padre. Ich weiß, dass wenn er hin und wieder bei uns war, uns manchmal beobachtet hat. Zina und ich haben uns einen Spaß daraus gemacht, wenn wir wussten, dass er am Fenster steht, uns auf der Wiese etwas weiter auszuziehen, einmal haben wir uns geküsst, um ihm eine Show zu bieten, doch sonst hatten wir nur Kontakt zu Männern, wenn wir im Club waren.

Meistens habe ich etwas genommen und getrunken, ich habe mir jemanden gewählt, den ich attraktiv fand und hatte meinen Spaß, doch das mit Leano ist anders. Er zieht mich an, die ganze Zeit, sein Blick auf mir reizt mich, ich finde ihn attraktiv und vielleicht sollte ich mich darauf einlassen und versuchen, wie es sich anfühlt, einem Mann näherzukommen, wenn man ihn schon etwas besser kennt. Wer weiß, wie schnell ich das erledigt habe, was Vito will, vielleicht sollte ich die Chance nutzen und mit einem Mann Spaß haben, der mich derart anzieht. Nicht nur irgendeinen Mann im Club, von dem ich nichts weiß. Nein, mit Leano Da Luca, Italiens Macht, mal sehen, wie sich das anfühlen wird.

Ich sehe auf sein Lächeln, höre sein anziehendes Lachen, als einer der Männer etwas sagt und als sie dann alle ins Haus kommen, hört man unten viele dunkle Stimmen. Erst dann gehe ich ins Bad, dusche, creme mich ein, schminke mich ein wenig mehr und ziehe eine Jeanshorts und ein weißes Top an, dazu feine Riemensandalen. Meine Haare flechte ich mir auf dem Rücken und als ich danach die Treppen hinabgehe, sind die Männer gerade dabei, in den Garten zu gehen. Dort ist ein großer Tisch aufgebaut und ich erkenne an der Vordertür, dass noch weitere Autos angekommen sind. Es sind auch mehr Männer da, alle nicken mir kurz zu, Leanos dunkler Blick gleitet einmal über mich und er deutet mir, in die Küche zu gehen.

Mein Magen knurrt immer mehr, ich hatte nichts anderes vor und geselle mich zu Marta, die mir frisches Brot, geschnittenes Gemüse, gebratene Eier und verschiedene Pasten hinstellt, die mit dem Brot fantastisch schmecken. Obwohl hier alles sehr rustikal eingerichtet ist, steht hier auch eine moderne Kaffeemaschine, aus der sie mir wieder solch einen leckeren Milchkaffee zaubert wie im Hotel.

Marta erzählt mir ein wenig vom Haus, von der Frau von Vito, die jedes Detail hier eingerichtet hat und wie ruhig es hier manchmal sogar monatelang sein kann. Sie erzählt mir von den Tieren und als ich fertig bin und ihr ein wenig beim Aufräumen geholfen habe, ist sie schon dabei, alles für das Grillen am Abend vorzubereiten. Sie sagt, dass es, wenn alle mal hier sind, immer eine kleine Feier gibt. Es wird gegrillt, es gibt Alkohol, Frauen kommen, sie zieht sich dann zurück, doch sie bereitet alles dafür vor.

Eine Weile bleibe ich bei ihr sitzen, doch dann will ich die Ranch weiter erkunden. Früher gab es ein Buch im Waisenhaus, das ich mir mindestens zwanzigmal durchgelesen habe. Es handelte von einem Mädchen und ihrem Pferd, ich habe es geliebt, ich habe noch nie ein Pferd gesehen und lasse mir von Marta erklären, wie ich zum Pferdestall und der Weide komme.

Zum Glück kann ich dafür vorne rausgehen und muss nicht an dem Tisch vorbei, wo nun alle Männer sitzen. Ich höre ihre Stimmen noch eine Weile, selbst als ich schon die vielen Schritte über den Rasen bis zu den Hügeln und zu den Ställen gegangen bin. Ich bleibe immer wieder stehen, überall sind Katzen und Hunde, die sich freuen, mich zu sehen, als ich dann am Stall ankomme, ist es ganz ruhig und ich atme die Luft ein.

Ich brauche gar nicht in den Stall zu gehen, hier gibt es eine große Weide mit acht Pferden, die im Schatten stehen und saftiges Gras fressen. Ich öffne das Tor und gehe zu ihnen, je näher ich komme, desto vorsichtiger werde ich. Die Pferde sind riesig. Ich nähere mich langsam. Erst sind sie wachsam, doch da ich sehr bedacht vorgehe, lassen sie mich näherkommen. Irgendwann stehe ich mitten zwischen ihnen und sie akzeptieren das.

Fasziniert betrachte ich ihr glänzendes Fell, ein Pferd ist besonders zutraulich und ich kann es streicheln. Es stupst mich sogar mit der Schnauze an und scheint gar nicht genug zu bekommen. Hinter der Weide führt ein schmaler Fluss entlang und nachdem ich eine ganze Weile bei den Pferden geblieben bin, verlasse ich die Weide wieder, schließe das Tor und gehe zum Fluss. Barfuß gehe ich ein paar Schritte ins kalte Nass, bis ich bei einem flachen Stein ankomme, auf den ich mich lege.

Das ist Freiheit.

Ich spüre die Wärme der Sonne auf meiner Haut, ein warmer Luftzug umhüllt mich, das Plätschern des Flusses ist das Einzige, was ich wahrnehme und das Blau des Himmels ist so klar wie das Meer, in dem ich gestern gebadet habe. Im Grunde ist das hier schon mehr, als ich mir je erträumt habe. Ich weiß, dass ich weiter und größer denken muss, das hat mir Zita immer eingebläut und doch bin ich in diesem Moment einfach nur zufrieden und glücklich. Frei, im Grunde bin ich das gar nicht und doch fühlt es sich so an.

»Hier steckst du!«

Die raue Stimme, die mich die letzten Tage begleitet hat, lässt mich die Augen wieder öffnen. Leano steht am Rand des Flusses und sieht zu mir. Seine Hände sind lässig in seine Hosentaschen gesteckt und doch erkenne ich in seinem dunklen Blick, dass er nicht so entspannt ist, wie er tut, vielleicht hat er mich gesucht und dachte, ich bin weg.

»Natürlich bin ich hier, wo soll ich sonst sein?« Ich setze mich auf und sehe ihn an, meine Neugierde erwacht wieder, als er sich gegen einen großen Stein lehnt und mich betrachtet. »Ich muss wissen, wo du bist, wenn so viele Männer hier sind, weißt du eigentlich etwas über unsere Männer?«

Einen Moment lege ich den Kopf schief, doch statt ihm brav zu antworten wie die Male davor, lasse ich meine Füße wieder in den Fluss gleiten und gehe die paar Schritte zurück zu ihm.

»Immer diese Fragen. Die ganze Zeit stellst du mir Fragen, vielleicht bin ich jetzt mal dran. Wer bist du, Leano, ich meine nicht, was du tust, sondern wer du bist ...?« Ich bin bei ihm angekommen und stelle mich genau vor ihn. Mein Finger deutet auf seine Brust. »Wer bist du, wenn du nicht der Anführer Leano bist? Die ganze Zeit wirkst du so kühl und mächtig, doch in deinen Augen erkenne ich ganz andere Seiten. Ich kann sehen, dass du ein Mann bist, der die Frauen, die er in seinem Leben schon hatte, nicht an seiner Hand zählen kann und doch ... macht es dich nervös, wenn ich hier bin ... und mehrere Männer? Wie kann das sein?«

Meine Hand bleibt auf seiner Brust, ich stehe nun genau vor ihm und sehe ihm in die Augen. Leanos Blick liegt dunkel aber ruhig auf mir. »Ich bin immer derselbe, Avalyn, da sollte sich niemand etwas anderes einbilden. Es gibt nur die Familie für mich, danach kommt lange nichts. Frauen sind da, um Spaß zu haben, man sollte sie nicht zu ernst nehmen.« Ein Lächeln schleicht sich auf meine Lippen. »Und doch bist du hier, um mich zu suchen, ist das nur wegen dem Geschäft, Leano? Nur deswegen ...?«

Ich beuge mich ein wenig zu ihm hoch, er wirkt so hart und doch spüre ich die Veränderung unter meiner Haut kribbeln, sehe, wie seine Augen noch dunkler werden, als er nicht antwortet und sich meine Lippen seinen nähern, dabei lässt er meinen Blick nicht los.

»Wir sollten das nicht tun, eine Frau aus dem Kloster, die das Leben noch niemals wirklich gespürt hat und ein Mann der grausamen Unterwelt Italiens sollten nicht alleine hier draußen ...« Ohne Vorwarnung beendet er mein Spiel, indem er seine weichen Lippen auf meine legt und mich mit solch einer Leidenschaft küsst, dass ich zwei Schritte zurückweiche, so überrumpelt bin ich.

Leanos Kuss ist fordernd und leidenschaftlich, ich habe mir die ganze Zeit vorgestellt, wie sich diese verführerischen Lippen anfühlen, jetzt wird mir schwindelig vor Genuss. Er küsst mich tief und ich öffne mich ihm, schmecke seine Macht und schmiege mich noch enger an ihn.

Er beendet den Kuss einen Moment, wir beide holen tief Luft und ich spüre den Felsen, an den er gerade noch angelehnt war, nun an meinem Rücken. Seine Lippen gleiten über meine Wange, mein Kinn, meinen Hals, zurück zu meinen Lippen und erobern sie sofort wieder. »Ich wollte das schon die ganze Zeit tun, du schmeckst wie Honig ...« Leanos Hände gleiten über meine Taille, während er mich tief küsst. Auch ich schlüpfe mit meinen Händen unter sein Shirt streiche über seine Haut und will ihn mit jeder Sekunde, die wir uns näherkommen, nur noch mehr. Ich spüre seine Macht und ich will ihn noch tiefer spüren.

Als er den Kuss wieder löst, legt er seine Stirn an meine, während seine Hände über meinen Po streichen, dieses Mal sind es meine Lippen, die sich ihren Weg bahnen, er schmeckt zu gut, ich küsse seine Wange, seinen Hals.

»Du hast recht, wir sollten vernünftig sein, das hier ...« Ich höre seine Worte, als er sich meinen Lippen entziehen will und versucht, ein Machtwort zu sprechen, doch ich beiße mir auf die Lippen und meine Hände beginnen, seine Hose zu öffnen.

»Nein, nein, tue das nicht, lass mich das Leben richtig genießen, Leano, ich will dich spüren.« Er flucht auf und umfasst mit seinen Händen meine Brüste, was mich einen Moment die Augen schließen lässt, ich bin mir sicher, dass er sich gut anfühlt, meine Hand schlüpft in seine Hose und seine Stimme wird noch rauer.

»Du bist eine Überraschung, Avalyn, ich habe damit nicht gerechnet, dass ...«

Dieses Mal beißt er sich auf die Lippen, als ich seine Erregung finde und meine Hand sie sofort umschließt. Überrascht keuche ich auf und reibe an ihr entlang, sie ist breit, groß und hart. »Du bist eine Überraschung, ich will dich ganz ...« Unsere Augen finden sich wieder und egal was wir sagen, wir beide wissen, dass wir den anderen wollen, wir sind schon zu weit.

»Leano, Pepe ist da, kommst du oder soll ich dich suchen?« Von Weitem hören wir Adam, und Leano flucht ein weiteres Mal auf. Dafür, dass er der kalte Anführer ist, ist er in den letzten Minuten ganz schön oft aus seiner Haut gefahren. Er stellt sich wieder richtig hin und gibt mir mehrere Küsse auf die Wange, während ich meine Hand zurückziehe und versuche, wieder einen klaren Gedanken zu fassen. »Ich muss dahin, sonst kommt er. Bleib hier, hörst du, geh nicht weiter und wenn du zurück ins Haus gehst, geh durch den Vorder-eingang.«

Seine Lippen gleiten über meinen Hals, zu meinen Lippen. Als ich nicht antworte, funkelt er mich aus seinen dunklen Augen an. »Ich meine das ernst, Avalyn.« Ich nicke und sehe ihn an. »Verstanden.«

Er streicht sein Shirt wieder gerade, bevor er allerdings geht, beugt er sich zu mir und küsst mich noch einmal, etwas langsamer als vorher, doch noch immer genauso fordernd, er lässt mich erst los, als wir beide wieder keine Luft bekommen , wendet sich ab und geht zu seinen Männern.

Besitzergreifend und doch, als hätte er sich selbst nicht unter Kontrolle.

Ich sehe ihm hinterher und lächle.

Das wird ein interessanter Abend.

Leano

»Das können wir denen nicht durchgehen lassen, versteht ihr das? Leano, wir müssen handeln und zwar sofort.« Pepe steckt sich noch einen Kuchen in den Mund und sieht mich auffordernd an.

Meine Gedanken kreisen nur um Avalyn, ich bin noch immer hart und sehe ihm genervt in die Augen. »Das werden wir, ich habe hier noch etwas zu erledigen, dann kümmere ich mich darum. Damit wäre alles geklärt.«

Die Besprechung hat lange gedauert, viel zu lange, doch wir konnten alles klären. Vor einigen Minuten ist Dario wiedergekommen mit ein paar Frauen. Ich rieche schon, dass die ersten Grills angezündet werden und doch habe ich noch immer nur Avalyn im Kopf.

Sie hat mich die ganze Zeit über angezogen, doch jetzt, wo ich sie geschmeckt habe, ihre zarte Haut gespürt habe und diesen Po in meinen Händen hatte, habe ich hier einiges unter Kontrolle, aber nicht meine Lust und das Verlangen nach ihr. Immer wieder habe ich den Garten mit meinen Augen nach ihr abgesucht, irgendwann habe ich mitbekommen, dass sie sich mit Marta zurückgezogen und angefangen hat eine Serie zu schauen.

Ich stehe auf und drücke meine Zigarette aus, dabei sehe ich Pepe noch einmal an. »Und komm nicht noch einmal auf die Idee, mir sagen zu wollen, was ich zu tun habe!«

Mit diesen Worten gehe ich ins Haus, ich höre Pepe eine Entschuldigung murmeln, doch ich sehe zur Couch, auf der Marta und auch Avalyn sitzen und gebannt zum Bildschirm schauen, auf dem ein Mann gerade einer Frau seine Liebe gesteht. Einen Moment sieht Avalyn auf, unsere Blicke treffen sich und mein Blick gleitet über ihre cremigen Schenkel und diese verflixten großen Mandelaugen, denen ich nicht entweichen kann.

Sie sieht wieder weg und ich gehe nach oben in meinen Raum, in dem ich immer schlafe, wenn ich hier bin. Ich streife mir die Kleidung ab und stelle mich direkt unter die Dusche. Ich habe viel zu lange gesessen, schon viel zu lange nicht mehr trainiert und ich bekomme diese Frau nicht aus meinem Kopf. Noch immer bin ich hart, ich streiche über meine Erregung, doch allein der Gedanke an ihre Finger, die mich vorhin umfasst haben, lassen mich einhalten. Das ist nicht das Gleiche.

Frustriert dusche ich mich ab und binde mir dann nur ein Handtuch um. Ich gehe zurück ins Zimmer und rufe meinen Onkel an, um auf andere Gedanken zu kommen. Er fragt, ob es Avalyn gut geht und wie weit wir sind. Ich fasse alles für ihn zusammen und erwähne auch, dass sie eine tolle Frau ist und wir alle überrascht sind. Er sagt nur, dass er das weiß, dann fragt er mich nach dem Treffen aus und für eine Weile bin ich wirklich abgelenkt.

Als wir das Gespräch beenden, scheint die Party unten schon in vollem Gang zu sein, ich lehne mich zurück und schließe einen Moment die Augen, ich sollte hier oben bleiben, mich hinlegen und einen klaren Kopf behalten, doch das Lachen einer Frau, das garantiert zu Avalyn gehört, lässt mich schnell aufstehen. Ich fluche auf, ziehe mir die nächstbeste Shorts und irgendein Shirt über und gehe mit schnellen Schritten nach unten.

Es ist dumm, ich weiß, dass Adam und Tizian auch ohne mich alles unter Kontrolle haben und doch werde ich erst langsamer, als ich in den Garten trete. Unsere Männer sind im Garten verteilt, alle essen und trinken, die Musik spielt und einige Frauen tanzen in knappen Kleidern. Wie immer, nur dass mein Blick zu einem Tisch gleitet, an dem Avalyn sitzt, auch sie trägt jetzt ein Kleid, und auch wenn es etwas länger als das der anderen Frauen ist, zieht sie alle Blicke auf sich.

Diese Frau bringt mich um, ihre Kurven, diese langen Locken, ihre helle Haut, ihre funkelnden Augen, das bildschöne Gesicht und das freie unschuldige Lachen, das sie auf ihren Lippen trägt, zieht alle Blicke auf sich. Tizian erklärt ihr gerade ein Kartenspiel und sie beginnen die erste Runde. Einen

Moment treffe ich den Blick meines Bruders, der mir deutet, mich zu entspannen, ich nehme Adam sein Glas Bier aus der Hand und leere es mit einem Schluck. Ich werde es probieren.

Das tue ich wirklich. Ich setze mich zu meinen Männern, esse etwas, trinke und rauche und habe dabei trotzdem Avalyn im Blick, die sich beim Kartenspielen amüsiert. Ich bin nicht der Typ Mann, der sich leicht von Gefühlen überwältigen lässt und die Kontrolle verliert. Niemals. Doch mit jedem Blick auf sie, jeder Bewegung, die sie macht, spüre ich, wie mir die Kontrolle entgleitet. Sie ist eine neue Herausforderung.

Der Abend vergeht schleppend, immer wieder treffen sich unsere Blicke und auch ohne dass wir ein Wort wechseln, wissen wir beide, was geschehen wird, ohne dass es jemand aussprechen muss. In meinem Kopf spielt sich ein Kampf zwischen Vernunft und Begehren ab, den ich mit jedem weiteren Blick auf sie verliere.

Irgendwann setzt sich wie fast immer eine der anderen Frauen zu mir, ich ziehe gerade an einem Joint und ihre Hand legt sich auf mein Knie. Ich komme nicht einmal dazu, der Frau Aufmerksamkeit zu schenken, da taucht Avalyn auf. Sie setzt sich zu meiner anderen Seite und nimmt mir den Joint aus dem Mund, um daran zu ziehen. »Hey, hey, schön aufpassen, junge Dame, es gibt Dinge, die du nicht unterschätzen solltest.« Avalyn lacht und zieht noch einmal, bevor sie ihn mir zurück in die Hand gibt. »Ich denke, du solltest mich nicht unterschätzen.«

Das tue ich nicht, niemals. Sie steht auf und geht ins Haus. Die andere Frau ist längst aufgestanden. Ich warte einen

Moment, einen kurzen Augenblick, in dem meine Vernunft mich zu warnen versucht, abzuwarten und doch kann ich nicht anders, als auch aufzustehen und nach oben zu gehen. Alles zieht mich zu ihr.

Ihre Tür ist nur angelehnt und ich kann ihre Silhouette im schummrigen Licht sehen. Sie zündet gerade zwei Kerzen an, ihre Haare fallen ihr lose über die Schultern, und ich kann meinen Blick nicht von ihr abwenden, während ich die Tür schließe.

Sie wendet sich um, ihre Augen liegen dunkel auf mir, voll unausgesprochener Worte, für die hier kein Raum ist, das ist nicht der Zeitpunkt dafür. Ich trete näher, bis ich nur noch einen Atemzug von ihr entfernt bin. Unsere Blicke verschmelzen, und ohne ein weiteres Wort beuge ich mich zu ihr, meine Hand legt sich an ihre Wange und ich ziehe sie so eng an mich, wie es geht. Der Kuss ist heiß und fordernd, ihre Hände gleiten in mein Haar, während meine Arme sich fest um ihre Taille legen und sie festhalten.

Ich kann nicht genug von ihrem Geschmack bekommen und doch will ich mehr, ich löse den Kuss, meine Lippen finden ihren Hals, wandern über ihre weiche Haut. Ein leises Stöhnen entweicht ihr, während ich sie an die Kommode drücke. Ihre Hände ziehen an meinem Shirt, das ich mir abstreife und von mir werfe. Zufrieden streichen ihre Finger über meine Haut zu meiner Hose, doch dieses Mal behalte ich die Oberhand und ziehe ihr das Kleid in einer fließenden Bewegung aus.

Sie trägt nur noch einen Slip und ich setze sie auf die Kommode, meine Lippen fahren ihre Haut entlang zu ihren Brüsten, ich streiche mit meiner Zunge darüber und ziehe daran, bis sie laut aufstöhnt. »Leano ...« Mein Name aus ihrem Mund lässt mich noch härter werden, jetzt lasse ich es zu, dass sie in meine Hose gleitet und mich umfasst. Ich reibe mich an ihr, zur Belohnung verwöhne ich ihre Brüste, bis ich nicht mehr kann und sie von der Kommode hole. Wieder küsse ich sie tief und sie erwidert diesen Kuss so leidenschaftlich, dass ich weiß, dass auch sie es kaum mehr aushält, doch erst einmal muss sie noch abwarten.

Ich drücke sie auf das Bett und drehe sie um. Verdammt. Ihr Po, die ganze Zeit habe ich ihn angesehen und betrachtet, doch ihn jetzt so nackt vor mir zu heben, lässt mich schlucken, er ist perfekt, prall und fest. Ich küsse ihren Rücken entlang, bringe sie dazu zu knien und streife ihr den Slip ab, dann streiche ich ihren Po entlang, mal sanfter, mal fester und spüre, dass es ihr gefällt, wenn ich fest zupacke, ich breite ihre Beine und fahre mit meinen Fingern ihren Po entlang bis zu ihrer Mitte, die mich feucht empfängt.

Wieder entfährt mir ein Fluchen, sie ist mehr als bereit, meine Finger dringen in sie ein und meine Zunge folgt und entlockt Avalyn einen leisen Aufschrei. Verdammt, diese Frau bringt mich um, ich kann nicht genug von ihr bekommen. Ich spüre, wie sie kommt und treibe sie sofort weiter.

Ich könnte ewig so weitermachen, doch sie greift nach mir, bringt mich dazu, mich aufs Bett zu legen und kommt mit einem zufriedenen Lächeln auf mich. Sie kniet sich hin und nimmt mich tief in sich auf, während meine Hände sich an ihren Po legen und meine Lippen erst ihre Brüste finden und dann ihre Lippen.

Sie fühlt sich zu gut an, das hier fühlt sich zu richtig an und auch wenn ich weiß, dass ich es nicht sollte und vielleicht das erste Mal in meinem Leben die Kontrolle verloren habe, kann ich nicht aufhören, Avalyn zu spüren und zu schmecken und ich habe das Gefühl, ich habe noch eine Weile nicht genug davon.

Avalyn

Dieses Mal wache ich erneut mit diesem anziehenden Duft in der Nase auf, doch ich weiß genau, woher das kommt, und ein Lächeln legt sich auf meine Lippen.

Ich öffne die Augen und das Lächeln weicht genauso schnell, wie es gekommen ist: Ich liege alleine im Bett. Was war das? Mit ausgestreckten Armen und dem Laken zwischen meinen Beinen zerknüllt, versuche ich, in mich zu horchen. Mein Herz schlägt allein beim Gedanken daran, was passiert ist, schneller. Das war ... ich schließe meine Augen und spüre das süße Ziehen meiner Muskeln am ganzen Körper.

Ich habe mir in der kurzen Zeit, die Zita und ich nur hatten, immer geholt, was ich brauchte. Manchmal habe ich neue Dinge probiert und ich dachte, ich hätte schon alles gespürt, doch das gestern war … unglaublich. Leano ist ein Mann, der weiß, was er tut. Es ist die Art, wie er mich berührt, wie sicher und bestimmend er dabei ist. Er lässt mich Dinge fühlen, die ich vorher noch nie gespürt habe. Ich bin dreimal gekommen, viermal? Ich weiß es nicht mehr ganz. Nachdem wir beide gekommen sind, als ich auf ihm saß, haben wir nicht einmal richtig Pause gemacht und uns sofort weitererkundet. Offensichtlich mag Leano meinen Hintern, meine Brüste … auch er ist gestern auf seine Kosten gekommen, er wirkt sehr erfahren und doch hatte ich einen Moment das Gefühl, dass auch ihm das zwischen uns besonders gut gefallen hat.

Leano ist überall durchtrainiert, er trägt mehrere Tattoos über seinen Körper verteilt, ich habe sie registriert, doch hatte nicht die Gelegenheit, sie ganz zu betrachten. Diese Bauchmuskeln, seine Arme, die mich gehalten haben … ich könnte süchtig danach werden, er ist überall gut gebaut, wirklich überall.

Einen Moment hat es auch so gewirkt, dass wir beide zusammen einschlafen, nachdem er mich in seine Arme gezogen hat und wir beide erst einmal wieder Luft holen mussten. Aber irgendwann hat sein Handy geklingelt, das irgendwo zwischen all unseren Sachen am Boden lag.

Ich hätte mir gewünscht, dass er nicht drangegangen wäre, wir eingeschlafen wären, doch er ist aufgestanden, hat das Gespräch angenommen, hat sich angezogen, hat gemurmelt, dass er wegmuss und ist gegangen. Irgendwie dachte ich, dass er vielleicht zurückkommt, doch offensichtlich ist er das nicht. Das ist Leano Da Luca. Ein Mann, den man niemals wirklich haben kann und sicher nie vergessen wird. Nun bin ich eine der vielen Frauen, die ihm für eine Nacht verfallen sind, doch das Brummen in meinem Körper zeigt mir, dass ich das trotzdem nie bereuen werde.

Das ist jetzt der nächste Punkt, den ich beachten muss. Im Club sind wir gegangen und haben keinen Gedanken mehr an die Männer verschwendet, mit denen wir Spaß hatten. Auch wenn es sich bei Leano anders anfühlt, muss ich versuchen, das genauso zu sehen. Ich muss, ich weiß, dass er kein Mann für etwas anderes ist und dass auch ich gar nicht in der Position bin, etwas anderes zu wollen, also setze ich mich auf, atme noch einmal seinen Duft ein und gehe dann unter die Dusche, um all die falschen Hoffnungen von mir zu waschen.

Ein wenig später gehe ich die Treppen hinab, es ist ruhig unten und ich habe die Hoffnung, dass alle noch schlafen, doch im Garten erwarten mich am Tisch Leano, Marta, Adam, Tizian und noch zwei weitere Männer. Ich murmle eine leise Begrüßung und meide es, dabei zu Leano zu sehen. Tizian, neben den ich mich setze, grinst mich an. »Du hast gestern noch eine wilde Party verpasst.« Erst jetzt sehe ich dunkle Ringe unter seinen und auch unter Adams Augen. »Habt ihr überhaupt geschlafen?« Adam antwortet für ihn. »Nein, irgendwann waren wir mit den Pferden unterwegs und haben in den Bergen den Sonnenaufgang betrachtet, dann sind langsam alle losgefahren.«

Marta lacht und ich hebe die Augenbrauen. »Na, da werden sich die Pferde sicher gefreut haben.« Mein Blick gleitet einen Moment zu Leano, der allerdings etwas auf seinem Handy eintippt, er sieht nicht so aus, als hätte er mit den anderen die

Nacht durchgemacht, auch wenn er nicht zurückgekommen ist.

Er bekommt einen Anruf, sobald dieser beendet ist, plant er mit den beiden anderen, dass sie in zwei Tagen in die Schweiz fliegen. Also bringen sie mich nur hin und sind dann gleich wieder weg. Das ist gut ... das schafft klare Verhältnisse und beantwortet jede ungestellte Frage. Gott, diese Nächte im Club waren so viel klarer, nicht so befriedigend und aufregend, doch klarer.

Ich versuche, nicht genau hinzuhören und frage Marta nach dem leckeren Brotrezept. Noch während ich ihr beim Abräumen helfe, schreibt sie es mir auf. Tizian sagt, dass ich meine Sachen holen soll, wir fahren gleich los, damit wir noch vor dem Abend bei Vito ankommen. Es wird ernst.

Mit schnellen Schritten gehe ich nach oben, nur um vor meinem Zimmer fast in Leano zu laufen, der dort auf mich gewartet zu haben scheint. Unsere Blicke treffen sich und ich muss an gestern Nacht denken, an unsere Küsse. Ich wünschte, ich könnte meinen Blick einfach abwenden, doch das geht nicht.

»Ist alles in Ordnung?« Leano sieht mich ein wenig verunsichert an. Leano? Ich muss zweimal hinsehen, doch tatsächlich wirkt er etwas ... überfordert. »Natürlich, ich wollte gerade meine Sachen holen.« Leano nickt und lässt mich durch. »Ich meinte wegen gestern, zwischen uns ... also, ob klar ist, dass ...« Ich gehe in mein Zimmer und hebe die Hand, ich versuche, so gelöst wie möglich zu lächeln. »Es mag sein, dass ich in einem Kloster gelebt habe, aber ich bin keine Nonne. Ich weiß das schon einzuschätzen.« Leano verschränkt die Arme vor der Brust, noch stehe ich vor ihm und er hebt die Augenbrauen. »Okay, das ist gut, ich dachte schon, du bist sauer, weil ich dich nicht so begrüßt habe ...« Er grinst mich frech an und gibt mir einen Kuss auf die Wange und dann einen kleinen auf den Mund. Sein Geruch und sein Geschmack lassen mein Herz sofort wieder schneller schlagen und ich gehe auf sein Spiel ein.

»Nein, tatsächlich war ich das nicht, aber wenn du das gerne möchtest ...« Ich beuge mich zu ihm hoch und küsse ihn auf die Lippen. Eigentlich sollte es nur ein kleiner Kuss werden, wie er ihn mir geschenkt hat, doch Leanos Hand legt sich in meinen Nacken und er vertieft den Kuss. Der Kuss ist anders. Sanfter als alles, was wir gestern hatten. Er löst ihn und nickt zufrieden. »Nein, ich habe auch kein Problem damit, dann wissen wir beide ja, wo wir stehen.« Ich muss lachen, seine Worte und seine Handlungen sprechen komplett verschiedene Sprachen, doch das scheint ihn nicht zu stören. »Dann ist es ja gut.« Ich gehe in mein Zimmer und damit er mich nicht noch mehr aus der Fassung bringt, schließe ich die Tür hinter mir.

Leano beherrscht meine Gedanken, obwohl ich mich jetzt darauf konzentrieren sollte, was vor mir liegt. Ich habe mir heute einen braunen engen Rock und ein weißes Shirt ausgesucht, das ich mir in den Rock stecke. So wirkt das Ganze sehr elegant und edel. Egal was Vito möchte, ich erledige das und beginne dann ein neues Leben.

Mit wenigen Handgriffen ist alles zusammengepackt, ich verabschiede mich in der Küche von Marta und gehe dann zum Auto, das bereits auf mich wartet. Leano sitzt am Steuer. Tizian und Adam schnarchen bereits auf dem Rücksitz und schlafen sich den Rausch der Nacht aus. Also bleibt mir nichts anderes übrig, als mich neben Leano auf den Beifahrersitz zu setzen.

Er startet auch sofort den Wagen. Im Radio läuft leise Musik, man hört das Schnarchen der beiden Männer hinten, doch mein Blick bleibt aus dem Fenster gerichtet. Ich war die ganze Zeit abgelenkt von all dem Neuen, das ich erlebe, dass, auch wenn ich es die ganze Zeit im Hinterkopf hatte, ich verdrängt habe, was nun passiert. Ich trete in Vitos Leben, wie er es die ganze Zeit geplant hat. Was kann er von mir wollen? Welche oder wie viele Aufgaben muss ich erfüllen, bis ich meine Schuld, weil er mein Leben gerettet hat, beglichen habe und ich wie alle anderen Menschen auf dieser Welt endlich ein selbstständiges Leben leben kann?

Wir fahren eine Weile über das Land, dann durch eine kleine Stadt und dann mitten in das Gebirge hinein. »Bist du nervös?« Leano hat mich in Ruhe gelassen, vielleicht spürt er meine innere Unruhe. »Schon etwas, ich … frage mich, was jetzt auf mich zukommt.«

Leano hat selbst die gesamte Zeit vor sich hergegrübelt, doch jetzt greift er in meinen Schoß, nimmt meine Hand in seine und sieht mir einen Moment in die Augen. »Das werden wir sehen, mach dir nicht zu viele Gedanken, die Entscheidung meines Onkels ist eh schon gefallen und ich habe bisher noch niemals erlebt, dass er seine Meinung ändert. Deswegen bringt es auch nichts, sich deswegen verrückt zu machen.«

Er will meine Hand loslassen, doch ich greife nach seiner. Diese kleine Geste von ihm tut gut, sie beruhigt mich und er versteht das und lässt seine Hand lächelnd über meiner, während er durch das Gebirge fährt.

Am Anfang ist es noch gut ausgebaut, wir fahren sogar durch zwei kleine Städte. In der letzten Stadt halten wir und essen. Adam und Tizian wachen auf. Auch wenn sie alle versuchen, mich ein wenig aufzumuntern, wird mir immer flauer im Magen. Es ist keine Angst, ich freue mich, dass es endlich so weit ist, doch trotzdem bin ich aufgeregt, dass es nun losgeht und will endlich wissen, was ich tun soll.

Nach der Pause fährt Leano weiter, ich bleibe vorne bei ihm sitzen. Je weiter wir fahren, desto abgelegener wird es. Irgendwann sind wir auf einer so engen Straße, dass ich nicht weiß, was man tun soll, wenn jemand uns hier entgegenkommt, doch Leano scheint sich darüber gar keine Gedanken zu machen und fährt weiter.

Als wir dann an mehreren Wachposten vorbeikommen, setze ich mich aufrecht hin und dann taucht wie aus dem Nichts plötzlich eine Lichtung auf. Sie ist grün, eine alte Burg steht darauf und drum herum gibt es nichts als grüne Landschaft und Berge.

Faszinierend, einen Moment habe ich das Gefühl, zurück im Kloster zu sein, doch die düster aussehenden Männer, die mit Maschinengewehren über dem Arm zu uns kommen und Leano, Adam und Tizian begrüßen, versichern mir, dass ich nicht dort bin.

Adam und Tizian bleiben auch gleich bei den Männern draußen, während Leano mir deutet, mitzukommen. Auch im Inneren der Burg sieht es aus, als wäre hier der Wandel der Zeit nie angekommen, es fühlt sich fast wie mein Zuhause der letzten Jahre an.

Ich spüre neugierige Blicke auf mir und konzentriere mich auf Leanos sichere Schritte. Meine Hände sind kalt, obwohl es heiß und schwül ist. Ich reibe sie aneinander, um die Kälte zu vertreiben. Am liebsten würde ich wieder nach Leanos Hand greifen, doch wie unsinnig dieser Gedanke ist, weiß ich, als ich, sobald wir die Burg betreten, eine hübsche Blondine mit einem Korb in der Hand und großen blauen Augen sehe, die uns anstrahlt. Sie stockt, als sie von Leano zu mir sieht, doch dann strahlt sie weiter und sieht Leano ins Gesicht. »Ich habe gerade erst erfahren, dass du schon wieder zurück bist ...«

Sie wendet sich einmal um, doch außer uns ist niemand hier, sie beugt sich zu ihm und gibt ihm einen Kuss auf den Mund, ich blicke zwischen den beiden hin und her und treffe Leanos dunklen Blick. »Ich werde alles vorbereiten, dein Onkel soll bereits auf dich warten, komm danach vorbei ...« Sie lächelt und ihr Blick trifft mich hart und abweisend. »Und alleine!« Mit diesen Worten dreht sie sich um und geht. Leano deutet mir weiterzugehen. »Das ist nichts, was von Bedeutung wäre ...«, kommentiert er all das nur kalt und läuft die schweren Steintreppen hinauf. »Ich habe nicht gefragt, es ist mir egal, was du treibst.« Leano lacht leise auf und sieht zu mir, doch ich werde ihm nicht noch einmal meine Aufmerksamkeit schenken. Wieso bin ich eigentlich so dumm und sehe auf die

Finger der Männer? Es gibt andere Dinge, die viel mehr Gewicht haben als ein Ring.

»Ist das das berühmte Temperament einer Latina? Sieh mich an, deine Augen funkeln ja gerade vor Wut, aber das bedeutet natürlich nichts.« Er lacht auf und es hallt an den kalten Wänden wider. Nun kann ich nicht anders und sehe ihn doch an. Er hat mich dazu gebracht und schüttelt schmunzelnd den Kopf. Mein Blick scheint ihm schon mehr gesagt zu haben, als Worte es könnten und wir laufen beide weiter, bis er vor einer schweren Holztür hält, klopft und sie dann aufschiebt.

»Onkel, wir sind zurück!«

Noch einmal atme ich durch, dann spüre ich Leanos Hand an meinem Rücken und er schiebt mich in den Raum, erst jetzt wird mir bewusst, dass ich stehengeblieben bin. Der Raum, den wir betreten, passt zum Rest der Burg. Dunkle Möbel, schwere Vorhänge, mein Blick gleitet zu einem Bild, das in einem goldenen Rahmen an der Wand hängt. Darauf erkenne ich Vito vor einigen Jahren, als ich noch klein war und er mich manchmal auf seinen Schultern vom Auto zu einem Eisladen in der Stadt beim Kloster getragen hat. Er steht neben einem Mann, der ihm sehr ähnlich sieht, und vor ihnen stehen zwei Jungs, die nicht viel älter als ich damals sind. Man erkennt Leano und Tizian sehr schnell, Tizian streckt die Zunge heraus und Leano steht genauso ernst wie die beiden Männer da. Das Bild spiegelt ihre Charaktere im ersten Moment wider.

Erst dann sehe ich nach vorne, wo Vito sich von seinem Platz erhebt und die Arme ausstreckt. Er war eine Weile nicht mehr bei mir gewesen, man sieht, dass er älter geworden ist, auch seine Bewegungen sind langsamer. Doch sonst sieht er aus wie immer, seine dunklen Augen strahlen mich an. Ich weiß nicht, wie ich ihn einschätzen soll, ich wusste nie, was er wirklich ist und von mir will, doch ich wusste immer, dass er mich mag, dass er mich vielleicht sogar ein wenig lieb hat und genau das Gleiche erkenne ich auch jetzt wieder.

»Avalyn, wie schön, dich endlich einmal hier begrüßen zu können.« Er umarmt mich und gibt mir auf jede meiner Wangen einen Kuss. Von mir aus hätte das schon früher passieren können, doch ich verkneife mir einen Kommentar, lächle und setze mich neben Leano vor den Schreibtisch, Vito setzt sich zurück an seinen Platz und lehnt sich zurück.

»Wie ich sehe, hat alles gut geklappt, mein Neffe hat dich hergeholt, ich hoffe, du warst nicht zu überrascht.« Vito deutet mir zu einer kleinen Bar, auf der eine Menge Getränke stehen, doch ich lehne dankend ab. »So war es immer abgemacht, ich habe darauf gewartet.«

Er gießt sich selbst etwas ein, was wie Whisky aussieht und bietet auch Leano etwas davon an, er nimmt auch ein Glas.

»Du hast recht. Ich habe dir gesagt, dass wir etwas für dich geplant haben, und in den letzten Monaten hat sich etwas ergeben. Unsere Familie und die Conti-Familie, die dir sicher auch etwas sagt, haben beide den Anspruch auf die Macht in Italien. Wir haben sie wirklich, die Contis hat sie augenscheinlich für den Rest der Welt, um uns im Verborgenen zu halten.

Diese Zusammenarbeit ist oft sehr mühsam und anstrengend und wir haben eine Weile nach etwas gesucht, was uns aneinander bindet und somit einiges erleichtert. Wie du weißt, habe ich keine eigenen Kinder und deswegen werde ich dich als meine uneheliche Tochter ausgeben.«

Mein Blick liegt angestrengt auf Vito, ich spüre, wie sich meine Gedanken überschlagen. Seine Tochter? Das wollte er doch vorher nie? Was passiert hier? Ich spüre, wie sich Leano neben mir immer mehr anspannt.

»Du hast lange genug im Kloster gelebt und dir wurde das Recht auf ein freies Leben verwehrt, jetzt hast du die Chance, das nachzuholen, an der Seite von Antonio Conti, dem Sohn des Staatspräsidenten. Er wird den Platz seines Vaters bald einnehmen und du passt perfekt an seine Seite. Die Hochzeit würde dir ein Leben in Freiheit ermöglichen, du kannst reisen, du kannst tun und lassen, was du willst. Wenn sie denken, du bist meine Tochter, ist dir garantiert, dass sie dich wie eine Königin behandeln und so kannst du endlich das Leben ...«

Mein Atem geht schneller, das ... ich muss mich verhören, ich spüre, wie mir Tränen in die Augen steigen, Leano neben mir sagt kein Wort, als ich erschrocken zu Vito sehe.

»Ich soll heiraten? Ich dachte, ich bin hier, um irgendetwas zu tun, etwas, was vielleicht ein paar Tage, vielleicht Wochen dauert und dann kann ich endlich gehen und frei sein. Dass ich damit das zurückgeben kann, was du ... Wenn ich heirate, bin ich niemals frei und ich kenne diesen Mann nicht, ich will nicht heiraten, ich wollte nie heiraten, dass Letzte, woran ich gedacht habe, ist eine Hochzeit ...«

Vito hebt die Hand. »Das verstehe ich, Avalyn, doch dir muss eines klar sein: Du wirst niemals frei sein und tun und lassen können, was du willst. Wir müssen dich immer im Blick haben, immer ...« Nun kann ich nicht anders und hebe die Hände. »Aber wieso? Ich verstehe es nicht, wieso muss ich immer ... unter eurer Kontrolle sein?«

Einen Moment zögert Vito, es ist nur ein winziger Moment, doch ich bemerke ihn. Er fängt sich aber sofort wieder und übergeht meine Frage einfach. »Wenn du nicht heiraten willst, musst du zurück ins Kloster. Es gibt nur diese zwei Möglichkeiten für dich und ich dachte, dass du es vorziehen würdest, frei zu sein, neben einem Mann, der dich respektiert und garantiert irgendwann lieben wird, wie könnte er nicht? Falls du dachtest, dass du jemals gehen kannst und wir nicht wissen, wo du bist ... das stand und steht niemals zur Diskussion, das wird nicht möglich sein.«

Ich spüre, wie ich meine Tränen nicht mehr zurückhalten kann, ich wische sie mir aus dem Gesicht und Vito senkt seinen Blick. Leano neben mir reagiert noch immer nicht und ich bin zu keinem klaren Gedanken mehr in der Lage. Aber wieso? Wieso werde ich das nie und wieso gibt mir niemand eine Antwort auf diese Frage?

Ich werde nie frei sein.

Niemals wirklich frei.

Allein der Gedanke, zurück ins Kloster zu müssen, lässt mich wahnsinnig werden, doch einen Mann zu heiraten, den ich nicht kenne, ich ...

Vito drückt etwas auf seinem Handy herum, dann steht er auf und kommt zu mir. Er reicht mir seine Hände und auch wenn ich am liebsten schreien und gegen ihn kämpfen würde, weiß ich, dass ich das nicht kann, nicht darf, keine Chance habe. Also nehme ich die Geste an und lasse mich einen Moment von ihm in den Arm nehmen, bis es an der Tür klopft.

»Das ist Isabell. Sie bringt dich in dein Zimmer, ruh dich aus und denk über alles nach. Ich weiß, dass das viel auf einmal ist, doch es ist das, was wir tun können. Übermorgen wird Antonio mit seiner Familie herkommen, um dich zu treffen. Vielleicht solltest du das abwarten, bevor du eine Entscheidung triffst. Ich komme später noch einmal zu dir, in Ordnung?«

Wie eine Puppe führt er mich zur Tür, hinter der eine Frau steht, die auf mich wartet. Ich sehe sie nicht einmal an, ich höre noch einige Worte, dann steht die Frau neben mir und die Tür schließt sich. Erst dann versagen meine Beine, ich gleite zu Boden und lasse all meine Tränen heraus, als ich begreife, dass das, worauf ich die ganzen letzten Jahre gehofft habe, niemals eintreten wird.

Leano

Sobald mein Onkel die Tür geschlossen hat, stehe ich auf und wende mich zu ihm um.

»Ist das dein Ernst? Deswegen habe ich sie hierhergeholt? Eine arrangierte Ehe mit diesem Idioten?« Mein Onkel reibt sich müde die Augen, geht zu seiner Bar und gießt sich noch etwas ein und auch ich habe mein Getränk mit nur einem Schluck geleert.

»Das ist nicht die erste und nicht die letzte Hochzeit, die so zustande gekommen ist. Diese Traditionen haben uns zu dem gemacht, was wir sind, Leano. Eine starke Familie, ein starkes Imperium. Und manchmal erfordert das Opfer, von denen Außenstehende nichts verstehen. Avalyn wird begreifen, was von ihr erwartet wird.«

Am liebsten würde ich das Glas in meiner Hand gegen die Wand schmettern, so wütend bin ich.

»Weiß sie das? Das sah nicht so aus. Ich verstehe, dass du eine Lösung für die Contis suchst, doch das? Ich kann denen allen auch einfach eine Kugel in den Kopf schießen und wir sind das Problem los, seit wann lassen wir Frauen unsere Probleme lösen?«

Vito nimmt einen Schluck, ich kenne meinen Onkel, ich habe gemerkt, dass ihn Avalyns Tränen genauso getroffen haben wie mich. Mein Onkel mustert mich dabei genau, bisher habe ich ihm niemals widersprochen oder etwas groß hinterfragt, das hier ist das erste Mal.

»Wieso interessiert dich das überhaupt, Leano? Wenn es gut für die Familie ist, ist es doch egal, was für Opfer dafür nötig sind.«

Ich muss aufpassen, was ich sage, ich weiß selbst nicht, wieso mich das so hart trifft, doch das tut es.

»Weil wir alle, die sie abgeholt haben, sehr schnell gemerkt haben, dass sie etwas Besonderes ist. Sie ist anders, sie hat Träume, sie war ihr Leben lang eingesperrt, lass sie gehen, Vito. Ich verstehe nicht, wieso sie so wichtig ist. Du kannst jede andere Frau aus Italien nehmen, es gibt einige, die würden für solch eine Chance töten, wieso sie? Wieso lässt du sie nicht gehen …?«

Ich sehe meinen Onkel wütend an und er lässt sich müde auf seinen Schreibtischstuhl nieder.

»Es ist an der Zeit, dass du mir erklärst, wer sie ist, wer sie wirklich ist.« Mein Onkel deutet mir, mich zu setzen. »Das hatte ich ohnehin vor, ich wollte nur warten, bis du sie getroffen und hergebracht hast und ihr nicht mit dem Wissen gegenübertrittst, wer sie wirklich ist.«

Am Gesichtsausdruck meines Onkels erkenne ich, wie sehr er wegen alldem mit sich hadert und einen Moment überlege ich, ob ich es wirklich wissen will, doch jetzt ist es schon zu spät.

»Ich weiß nicht, ob dir der Name Hector Salva etwas sagt? Das Salva Kartell.« Auch ich lehne mich zurück. »Natürlich sagt mir das etwas, sie haben Menschen in Scharen hingerichtet und alles zerstört, was sich in ihre Nähe getraut hat, du und zwei andere Anführer haben es zerschlagen, du selbst hast uns diese Geschichte immer wieder erzählt, damit wir wissen, dass egal wie viel Macht wir haben, wir uns trotzdem immer an gewisse Regeln zu halten haben.«

Vito nickt. »Damit ihr nicht grausam werdet, damit ihr auch in dieser Welt immer eine gewisse Moral behaltet. Sie haben es nicht. Hector war ein Monster, er war … es war nicht schwer, ihn und seine Männer zu töten, bis heute hat sich Puerto Rico nicht ganz von diesem Schlag erholt. Mittlerweile gibt es dort eine neue Familie, aber sie hat verstanden, dass auch sie sich in dieser Welt anzupassen haben, egal wie groß ihre Macht ist.«

Das alles weiß ich. Vito atmet schwer aus.

»Was niemand sonst weiß, oder kaum einer, ist, dass wir in diesen Tagen nicht nur alles zerstört haben, wir haben auch drei kleine Mädchen gefunden. Es sind seine Töchter gewesen, die sich im Keller versteckt hatten. Er hat versucht, Söhne zu bekommen, es hieß, er habe sich jedes Mal eine andere Frau genommen und dann töten lassen, wenn sie nicht einen Sohn geboren hat und er soll auch die Babys töten lassen haben, aber diese drei Mädchen hat er offenbar verschont. Wir wussten nicht, was wir tun sollten, sie waren fünf, zwei und ein neugeborenes Baby war auch dabei. Aurel aus Mexiko wollte sie wegsperren, Kaito wusste auch nicht, was zu tun war, so hat sich jeder ein Mädchen mitgenommen, um zu verhindern, dass sie dort bleiben und irgendwann die Arbeit ihres Vaters fortführen können oder dass jemand ihren Namen benutzen wird. Was auch immer alles hätte passieren können, diese Ära sollte beendet sein und doch wollte keiner von uns diese unschuldigen Kinder töten. Aurel hat die Älteste mitgenommen, Kaito das Baby.

Ich stand vor der mittleren, sie war zwei und konnte gerade mal ihren Namen sagen und nach ihren Schwestern rufen. Sie war bildhübsch und unglaublich neugierig. Den ganzen Flug hierher hat sie sich geweigert zu schlafen und wollte alles sehen. Denkst du, ich weiß nicht, dass sie etwas Besonderes ist? Das war sie von Anfang an. Ihr Name war Ava, was der Atem des Lebens bedeutet und weil ich nicht wollte, dass sie noch diesen Namen trägt, habe ich Lyn hinzugefügt, was Schönheit bedeutet. Nun ist sie der schöne Atem des Lebens und das ist sie.

Deine Tante wollte sie nicht hier haben und ich konnte es ihr nicht übelnehmen. Ich habe sie ins Kloster gebracht, wo sie sicher und geschützt aufgewachsen ist. Aber verstehst du jetzt, wer sie ist? Sie ist eine der einzigen drei Nachkommen dieses Grauens, wenn diese Information in die falschen Hände gerät, kann das für alle böse enden, nicht nur für sie. Deswegen habe ich einen Weg gesucht, wie sie frei sein kann und trotzdem immer unter unserer Kontrolle und nun habe ich einen gefunden; Sie heiratet, wir haben sie im Blick und doch kann sie frei leben. Du weißt, wie viel Angst die Contis vor uns haben. Sie werden es nicht wagen, sie auch nur falsch anzusehen. Sie wird sich an dieses Leben gewöhnen. Sie ist nicht dazu geboren, ein normales Leben zu leben, das wird sie nie, doch damit kann ich ihr zumindest ein etwas freieres Leben ermöglichen.«

Mit allem hätte ich gerechnet, aber nicht damit.

»Avalyn Salva?« Mein Onkel nickt. »Was ist aus ihren Schwestern geworden? Hat sie denn niemals jemand gesucht?« Er zuckt die Schultern. »Das weiß ich nicht. Wie du weißt, pflegen wir kaum Kontakt zu den anderen Cartels und wenn ich Kaito oder Aurel mal wiedergesehen habe, haben wir nicht darüber gesprochen, was damals gewesen ist. So ist es besser für alle, besonders für die Mädchen. Wir haben die gesamte Ära von Hector zerstört, es sind nur wenige, die fliehen konnten, doch bis heute spricht man in Puerto Rico von den drei Salva-Töchtern, die verschwunden sind. Sie denken, sie sind damals geflohen und tauchen irgendwann wieder auf, es gibt viele Gerüchte um die drei, doch genau wissen tut es keiner.«

Ich schweige einen Moment, meine Gedanken rasen. »Sie muss wissen, wer sie ist, um all das besser verstehen zu können.« Vito lacht und verschränkt die Hände. »Leano, ich liebe dich wie meinen Sohn und du bist der beste Anführer, den ich mir für die Familie ausgesucht habe, doch du solltest nicht vergessen, mit wem du hier sprichst. Denkst du, ich habe mir all das nicht tausendmal im Kopf umhergehen lassen? Wie wird sie sich fühlen, wenn sie weiß, wer ihr Vater ist? Was wird das mit ihr machen? Was ist, wenn sie sich doch jemandem anvertraut. So wie ich es entschieden habe, ist es das Beste, für alle. Sie wird heiraten und unter unserer Kontrolle leben. Wir werden sie niemals gehen lassen, Leano, das war immer klar, allen, dafür durften sie am Leben bleiben. Sie versteht es vielleicht nicht, doch sie wird lernen, damit zu leben und das wirst auch du ...«

Er sieht mir in die Augen. »Ich weiß nicht, was mit dir los ist. Ich weiß, dass sie etwas Besonderes ist, doch ich habe mich darum gekümmert. Deine Aufgabe sind die Geschäfte und die Familia, verliere das nicht aus den Augen!«

Einen Moment schließe ich die Augen. Ich weiß, dass er recht hat. Ich weiß nicht, wieso mich das so trifft und doch kostet es mich alles, seinen Blick zu erwidern und zu nicken. »Das weiß ich, ich kenne meine Aufgaben.«

Um nicht zu zeigen, wie wütend ich bin, stehe ich auf.

»Das ist gut! Übermorgen kommen die Contis. Ich möchte, dass ihr so lange hier bleibt. Wir müssen gemeinsam dafür sorgen, dass dieser Plan funktioniert ...« Ich bin schon halb aus der Tür raus.

»Kann ich mich auf dich verlassen, Leano?« Noch einmal wende ich mich ihm zu und sehe ihn an. »Konntest du das jemals nicht?«

132

Mit diesen Worten verlasse ich sein Büro, ich höre Stimmen, sehe von Weitem andere Leute, doch ich blende alles aus, ich brauche Luft. Mit schnellen Schritten gehe ich die Treppen hinab auf den Hof und verlasse die Burg so schnell ich kann.

»Ey, Leano was ist jetzt? Bleiben wir oder hauen wir wieder …?« Tizian kommt vom Wachposten auf mich zu, doch ich hebe nur die Hand. Mein Bruder kennt mich, er wird sehen und hören, dass ich einen Moment brauche.

»Jetzt nicht!«

Ohne noch auf jemanden zu achten, gehe ich zum Auto, steige ein und gebe Gas. Ich konnte mir all das nicht erklären, jetzt wo ich es kann, wünschte ich, ich wüsste es nicht. Obwohl es so eng und gefährlich ist, rase ich von der Burg, meinem Onkel und all dem Scheiß, der damit zusammenhängt, weg.

Avalyn Salva.

Mir ist selbst nicht klar, wieso ich so wütend bin. Mein Onkel hat recht, es sollte mir egal sein, es muss mir egal sein, und doch gebe ich noch mehr Gas, bis mein Herz nur noch wegen der Geschwindigkeit des Wagens rast und nicht mehr wegen der grausamen Wahrheit, die ich nun kenne.

Avalyn

Ich muss einen klaren Kopf behalten.

Wie in Trance sage ich mir denselben Satz immer wieder, meine Hände sind nervös ineinander verschränkt, die Luft in diesem Raum ist viel zu stickig und schwer.

Die Frau, die mich abgeholt hat, hat mich hierhergebracht. Wie genau, weiß ich gar nicht mehr. Ich stehe völlig neben mir. Gedanken wirbeln wie ein Sturm in meinem Kopf. Sobald ich einen klaren Gedanken fassen kann, wird er von der Bedeutung der Worte von Vito weggezogen und es herrscht eine gähnende Leere in meinem Inneren. Ich kann nicht denken, so viel geht in meinem Kopf vor sich, doch wenn ich einen Gedanken richtig fassen will, ist da nichts mehr und ich komme mir leer vor.

Endlich schaffe ich es aufzustehen. Der Raum ist groß, trotzdem kommt mir alles zu eng und stickig vor und ich öffne die Holzpaneele vor den alten Fenstern. Es ist schön hier. Obwohl die Burg ein altes Gemäuer wie das Kloster hat, ist es doch sehr gemütlich und elegant hier. Ich blicke auf ein großes Bett mit Holzrahmen und seidener cremefarbiger Bettwäsche, ein Bad mit einer freistehenden Badewanne geht dahinter ab, ein dunkler Esstisch mit frischen Blumen und mehrere gemütliche Sofas stehen im Raum, und doch kann ich all das nicht einmal länger betrachten und beginne, aufgeregt herumzulaufen.

Furcht und eine grausam nagende Hoffnungslosigkeit breiten sich in mir aus und doch weiterhin die Entschlossenheit in meinem Blut, dass es das noch nicht war. Dass in dieser Sache noch nicht das letzte Wort gesprochen wurde. Ich weiß nicht einmal, wie lange ich schon hier bin, ich überlege mir verzweifelt einen Ausweg, einen Weg, mein Schicksal zu ändern. Aber mit jeder vergehenden Minute wird mir klarer: Es gibt keinen. Nicht hier. Nicht einfach so. Nicht, wenn Vito sagt, dass es für mich nur diese zwei Optionen gibt, zurück in mein Leben ins Kloster zu gehen oder ein neues an der Seite eines Fremden zu beginnen. Beides ist keine Option für mich. Alles in mir schreit danach, eines von beiden zu wählen und mich damit abzufinden, und doch ist da immer noch dieses Stück in mir, tief in mir, das mir sagt, dass ich einen Ausweg finden muss, egal wie.

Nervös beiße ich mir auf die Lippen, versuche mich zu konzentrieren und stelle mich ans Fenster, um frische Luft zu schnappen. Plötzlich höre ich Schritte auf dem harten Boden draußen. Es war angenehm ruhig die letzten Stunden, falls überhaupt schon so viel Zeit vergangen ist. Sekunden später öffnet sich die Tür und Vito tritt ein. Seine mächtige Gestalt, wie immer in einem feinen Anzug, mit dem gewohnten Hauch von Selbstsicherheit und Gelassenheit und doch erkenne ich Reue in seinen dunklen Augen. Ich weiß, dass er mich mag, dass ich ihm auf seine merkwürdige Art und Weise etwas bedeute, doch in seinem Gesicht kann ich lesen, dass es für ihn keinen anderen Ausweg gibt, bis auf diese beiden Optionen, die für mich unmöglich sind.

»Avalyn«, beginnt er sanft, fast tröstend, während er sich vor mich stellt. Seine Augen mustern mich, seine Stirn leicht in Falten gelegt. »Du musst aufhören, dir Sorgen zu machen. Es wird alles gut werden.« Ich hebe meinen Kopf und begegne seinem Blick, gleichzeitig spüre ich, wie sich meine Kehle weiter zuschnürt. »Wie kannst du das sagen?« Meine Stimme ist brüchig und ich räuspere mich, um stärker zu wirken, um nicht zu zeigen, wie sehr mich das trifft. »Nichts daran ist gut, Vito. Ich bin hergekommen mit der Hoffnung, endlich richtig frei zu sein und du sagst mir, dass ich das niemals sein werde. Was soll daran gut werden?«

Er schüttelt langsam den Kopf. »Aber das war nicht meine Entscheidung, Prinzessin ...« Mein Herz krampft sich zusammen. So hat er mich immer genannt, als ich noch klein war. Er hat gesagt, dass er mich gefunden hat und dass ich trotz all dem Wahnsinn, aus dem er mich gerettet hat, wie eine kleine Prinzessin durch die Welt gehüpft bin.

»Dieses Schicksal, dass du niemals die Wahl haben wirst, wurde mit deiner Geburt getroffen, ich sorge nur dafür, dass es auch so geschieht und dabei versuche ich, dass du so wenig leidest wie möglich, auch wenn es jetzt nicht so aussieht. Du musst versuchen, mir zu vertrauen. Ich will nur das Beste für dich.«

Es trifft mich, in seinen Augen zu erkennen, dass seine Worte wahr sind, dass er nichts Böses will und es keinen anderen Weg gibt. Ich gehe noch einen Schritt auf ihn zu. »Aber es gibt immer eine andere Möglichkeit, vielleicht, wenn wir darum kämpfen und ...« Vito lächelt mild, hebt seine Hand und streicht über meine Wange. »Das ist es, was du nicht verstehst«, erklärt er. »Es gibt keinen Grund zu kämpfen. Du musst es akzeptieren. Das ist der einzige Weg, wie du Frieden finden wirst.«

»Akzeptieren?«, wiederhole ich ungläubig. »Akzeptieren, dass ich keine Wahl habe? Dass mein Leben, mein Schicksal immer davon abhängt, dass ich unter Beobachtung stehe, dass ich nie frei sein werde? Könntest du das?«

»Ja«, antwortet er ohne Zögern. Seine Stimme klingt weich, fast väterlich, ich habe mich oft gefragt, ob er mich wie eine Tochter sieht, man könnte es glauben, doch dann würde er mir doch solch ein Schicksal ersparen. »Wenn ich es müsste, würde ich es und es gibt keinen anderen Weg. Du musst dich nicht sofort entscheiden, warte das Treffen übermorgen ab. Vielleicht klärt sich dann schon einiges. Das Einzige, worum ich dich bitte, ist es, ruhig zu bleiben, versuch dich zu entspannen und sei offen. Vielleicht denkst du dann in zwei Tagen noch einmal ganz anders über alles und wenn nicht, bringe ich dich zurück und ich werde mir eine andere Möglichkeit überlegen, doch ich denke, dass das die beste ist, auch wenn du es jetzt noch nicht so siehst. Ich lasse dir etwas zu essen bringen, du wirst deine Ruhe brauchen, um nachzudenken. Ich komme morgen wieder zu dir, ich bin mir sicher, dann sieht die Welt schon ganz anders aus. Wenn du irgendetwas brauchst, sag mir Bescheid.«

Er beugt sich zu mir und gibt mir einen Kuss auf die Stirn. Am liebsten würde ich ihm hinterherlaufen, als er sich abwendet und geht, doch ich weiß, dass das nichts bringen wird. Stattdessen presse ich meine Lippen fest aufeinander und versuche, die Wut hinunterzuschlucken, die in mir wallt. Ich habe immer geglaubt, es gibt ein Danach, wenn all das vorbei ist, wenn ich das endlich hinter mir habe, dann … doch nun, hier in diesem Raum, spüre ich, dass ich in einer Falle sitze, aus der es kein Entkommen gibt.

Es dauert nur wenige Augenblicke und es klopft erneut. Die Frau, die vorhin Leano geküsst hat, kommt herein, ihr Blick gleitet über mich, während sie lächelt und ein Tablett auf meinen Tisch stellt. Ich bedanke mich leise, gehe aber erst von dem Fenster weg, nachdem sie das Zimmer verlassen hat. Sie ist eine hübsche Frau, Leano scheint nichts anbrennen zu lassen, doch so sicher, wie sie sich benommen hat, ist sie wahrscheinlich sogar seine feste Freundin.

Mit meinem bisherigen Leben habe ich mir wenig Gedanken über solche Konstellationen gemacht oder ob die Männer, mit denen ich meinen Spaß hatte, vergeben waren, jetzt sehe ich ihr hinterher und fühle mich schlecht. Sie ahnt nicht, was ich mit Leano gehabt habe und wie sehr ich es genossen habe. Noch immer liegt mir diese Nähe unter der Haut, ich habe sie viel zu sehr genossen, und mit dem Gewissen, dass er eine Freundin hat, fühlt sich das Ganze noch schlechter an.

Genervt gehe ich zum Tisch, mein Magen lässt nicht zu, dass ich das aufschiebe, nur um weiter herumzugrübeln. Widerwillig nehme ich ein Stück warmes Brot in die Hand, es gibt einen leckeren Salat, eine Suppe und Cannelloni. Mit jedem Bissen komme ich tatsächlich mehr zur Ruhe und denke über das nach, was ich tun kann, nicht, was hier von mir verlangt wird, sondern was mir für andere Möglichkeiten bleiben, was Zita sagen würde, wäre sie jetzt bei mir.

Nach und nach wird mir bewusst, dass Vito recht hat, das Hier und Jetzt kann ich nicht ändern, doch vielleicht gibt es eine Möglichkeit für mich, etwas zu ändern, nur für mich, ohne die anderen einzubeziehen. Ich spinne diesen kleinen Faden der Hoffnung weiter, auch nach dem Essen setze ich mich ans Fenster, sehe in den Nachthimmel und bilde mir meine eigene Realität, bis es wieder klopft.

Leano tritt ein. Er wartet nicht, dass ich herein sage, über meine Schulter sehe ich zu ihm. Sein Gesicht ist ausdruckslos, aber seine Augen gleiten sanft über mich. Ich habe gespürt, wie er sich neben mir angespannt hat, wahrscheinlich wusste er tatsächlich von alldem nichts.

Mein Herz stolpert in dem Moment, als sich unsere Blicke treffen. Was zwischen uns passiert ist, hat mir etwas bedeutet, vielleicht habe ich das erste Mal überhaupt etwas empfunden, während ich mit einem Mann geschlafen habe, und doch wird mir genauso schnell, wie mir das bewusst wird, klar, dass es nichts ändern wird, gar nichts. Es hat keine Bedeutung, weder für ihn, noch für mich, noch für die Situation, in der ich stecke.

»Ich wollte nur sichergehen, dass es dir gut geht.« Ich wende meinen Blick wieder zum Nachthimmel. »Du solltest nicht hier sein«, sage ich mit ruhiger Stimme, fast kalt und ich bin froh darüber. Er ignoriert diese kleine Tatsache jedoch und setzt sich zu mir, zündet sich eine Zigarette an und reicht sie mir dann. »Bin ich aber. Ich wusste nichts davon, Avalyn, ich wollte, dass du das weißt.«

Dankbar ziehe ich an der Zigarette, ich rauche nur ganz selten im Club, doch gerade tut es gut und ich lasse mir Zeit, den Rauch wieder auszupusten. »Das ändert doch nichts, selbst wenn du es gewusst hättest, hättest du mich nicht hergebracht? Hättest du mich gehen lassen? Siehst du es anders als dein Onkel?«

Mein Blick gleitet zu ihm. Sein Kiefer mahlt, ich sehe, dass ihm all das hier nicht passt und doch weicht er meinem Blick nicht aus. »Mein Onkel ist nicht grausam, auch wenn das manchmal so scheint, wenn er sagt, es gibt keinen anderen Weg, dann ist das so ...«

Ich lache bitter auf und reiche ihm die Zigarette, die er allerdings aus dem Fenster schnipst und sich ganz zu mir wendet. »Das bedeutet nicht, dass du diesen Idioten heiraten musst, geh zurück ins Kloster und dann ...« Wütend, weil ich das nicht noch einmal hören kann, schiebe ich ihn von mir, so hart, dass er sogar einen Moment zurücktaumelt.

»Sag das nie wieder! Du weißt nicht, wie es ist, dort zu leben, also wage es nicht, davon zu sprechen, als wäre es nichts!« Leano lässt sich von meiner Wut nicht abschrecken und kommt wieder näher. »Was willst du dann tun? Heiraten? Und dein Leben mit einem Mann verbringen, den du nicht kennst …?« Seine Hand umfasst meinen Arm, als wolle er mich ungläubig schütteln. »Und wie eine Gefangene leben? Das hast du vergessen, ich tue nichts anderes, seit ich klein bin, Leano, schlimmer kann es nicht werden, und wer weiß, vielleicht hat Vito recht, vielleicht liebe ich den Mann irgendwann …« Ich sehe, wie sich seine Augen verdunkeln und gehe noch näher zu ihm. So nah, dass sich unsere Nasenspitzen fast treffen.

»Denkst du nicht, dass das möglich ist, dass der Mann mich lieben wird? Dass er verrückt nach mir sein wird, nach meinem Körper, meinen Küssen … all dem … wie du nach deiner Freundin?« Unsere Lippen sind nur Millimeter voneinander entfernt.

»Sie ist nicht meine Freundin, ich habe keine Freundin, Avalyn, doch das …« Ich lache und meine Lippen streifen seine. »Das ändert nichts, oder? All das ändert nichts …« Es ist unmöglich zu sagen, wer den anderen zuerst küsst, doch es tut gut. Es tut so unfassbar gut, Leano zu küssen, ihn zu spüren, die Kälte weicht einem anderen Gefühl, als er mich hart gegen das Fenster drückt, meine Beine spreizt, um sich Platz dazwischen zu machen und sein Mund Besitz von mir ergreift.

Meine Hände ziehen ihn an den Haaren näher zu mir, ich spüre seine Erregung an mir, er verlässt meine Lippen, küsst meinen Hals entlang und seine Hände greifen lustvoll in meinen Hintern, da hören wir Stimmen vor der Tür.

142

»Leano, uns wurde gesagt, du bist hier, komm, wir warten alle, dein Onkel hat uns gerufen wegen übermorgen, es warten bereits alle ...« Meine Ohren rauschen so sehr, dass ich nicht einmal höre, ob das Adam oder Tizian ist, es spielt auch keine Rolle, ich wende mich ab und Leano lässt mich los, der Rausch ist sofort unterbrochen. Einen Moment sehen wir uns in die Augen und die Wahrheit darin trifft uns beide, nichts hiervon wird irgendetwas an dem ändern, was kommen wird.

Leano atmet tief ein, streicht sich über die Augen, als würde auch er kurz vor dem Durchdrehen sein, ich hingegen gehe langsam in Richtung Bad. Ich will nur noch baden und schlafen und nichts mehr von alldem wissen und hören.

»Avalyn, das ...« Leano ist schon bei der Tür, als wir beide uns noch einmal zueinander drehen, und ich lege den Kopf schief. »Weißt du, was mir gerade klargeworden ist? Weder ich noch du müssen den anderen bedauern, denn im Grunde bist du genau wie ich auch nur gefangen in all dem, was hier passiert.«

Mit diesen Worten schließe ich die Tür zum Bad, höre, wie die Tür des Zimmers zuknallt und auch ein raues Fluchen und setze mich auf den Rand der Badewanne, um Wasser einlaufen zu lassen, sodass man die verzweifelten Schluchzer aus meiner Kehle nicht hören kann, die ich nun nicht schaffe mehr zurückzuhalten, genauso wenig wie die Tränen.

Im selben Moment, in dem ich alles herauslasse, schwöre ich mir, dass das hier endet, ich werde keine Gefangene sein, nie wieder, eher sterbe ich, als das mein Leben lang auszuhalten.

Leano

Die Luft ist feucht, der Abend schleicht zäh dahin und drückt auf meine eh schon angespannten Nerven. Mein Blick ist starr auf die Wand hinter meinem Cousin Dante gerichtet, der mir gegenüber sitzt, doch meine Gedanken schießen in alle Richtungen.

Der Tag ist eine einzige Katastrophe gewesen. Nun alle Hintergründe von Avalyn zu kennen und auch, was geplant ist, war alles, was ich die letzten Tage wissen wollte. Es gibt nichts, was ich in Bezug auf die Sacra Notte nicht weiß, es hat mich wahnsinnig gemacht, dass ich nicht wusste, was es mit Avalyn auf sich hat. Nun, da ich es weiß, wünschte ich, ich wüsste es nicht.

Mein Onkel und ich sind nie unterschiedlicher Meinung, im Grunde sind wir das auch jetzt nicht. Wenn ich nur von dem, was für die Familie das Beste ist, ausgehe, ist die Lösung perfekt. Doch das fällt mir schwer, viel zu schwer, weil ich mich selbst nicht im Griff habe, weil ich sogar jetzt noch Avalyn auf meinen Lippen schmecke und ich noch nie etwas Besseres gekostet habe. Ich bin gierig geworden. Bei einer Frau, wie sie es ist, absolut nachvollziehbar und doch sollte ich mich besser unter Kontrolle haben.

»Dann haben wir alles. Das Geschäft mit Marokko übertrifft alles, Leano, ich bin stolz auf euch. Das habt ihr gut gemacht. Lasst uns morgen noch das Problem mit den Contis lösen und uns erwartet die nächsten Jahre viel weniger Stress. Alle einverstanden?«

Ich spüre den Blick meines Onkels, aber auch den von Adam und Tizian auf mir, sie alle werden spüren, dass mir das alles gegen den Strich geht. Vielleicht, wenn Avalyn mir gesagt hätte, dass sie dieses Arrangement niemals will, hätte ich jetzt etwas dagegen tun können, doch sie denkt darüber nach, eher als zurück ins Kloster zu gehen, bis ich eine andere Lösung habe.

Ich weiß gar nicht, wieso mich das so interessiert, ich sollte mir meine Männer schnappen und einfach wieder losfahren. Diese verdammte Unzufriedenheit, die tief in mir brodelt, lässt mich einen Moment einhalten. Wenn doch alle offensichtlich damit leben können, wieso stört es mich dann so sehr? Das Wissen lässt mich einfach nur nicken, damit diese lange Besprechung ein Ende findet. Ich will nur noch schlafen gehen.

»Was ist los mit dir, Leano?« Adam holt mich ein, als ich den Besprechungsraum direkt verlasse und legt den Arm um mich. »Ist der Grund für dein Grübeln wirklich Avalyn? Ich meine, wir alle haben gemerkt, dass du deinen Spaß mit ihr hattest, sie ist eine wunderschöne Latina mit einem bezaubernden Lächeln und ihre Art hat uns alle überrascht, und doch sieht es dir nicht ähnlich, dich so sehr von einer Frau ablenken zu lassen. Also, ist es wirklich nur das, oder willst du noch etwas loswerden?«

Wir beide bleiben stehen, als Maria hinter einer der Ecken erscheint und mich zu sich winkt. »Nein, es ist alles bestens, ich kenne meine Aufgaben.« Adam sieht mir in die Augen, ich sehe ihm an, dass er mir nicht glaubt, ich selbst glaube mir kein Wort, doch zumindest werde ich versuchen, mich wieder daran zu halten.

»Okay, wir warten bis übermorgen und am Abend hauen wir wieder ab. Bald schon wirst du nicht mehr daran denken, glaub mir, sie ist etwas Besonderes, doch mit genug Abstand bekommt man immer wieder einen klaren Kopf und solange ... lenk dich ab.« Er klopft mir auf die Schultern und dreht mich in die Richtung von Maria. »Komm danach in den Hof. Wir wollen den Grill anschmeißen und Karten spielen.«

Er nickt Maria zu und geht in die Richtung, in der die anderen Stimmen nach draußen auf den Hof gehen. Normalerweise lasse ich mir nie etwas sagen, doch vielleicht sollte ich mich wirklich ablenken und meinen Kopf mal wieder frei bekommen. Ohne weiter darüber nachzudenken, gehe ich zu Maria, die ihre Zimmertür geöffnet hat und mich zu sich hereinlässt. Sie ist attraktiv, verspielt und vor allem unbeschwert. Vielleicht ist es genau das, was ich jetzt brauche: Ablenkung, etwas Leichtes, das mich für ein paar Stunden aus dieser Spirale der Wut holen kann.

Sobald die Tür hinter uns geschlossen ist, schmiegt sie sich an mich. Ihre Arme legen sich um meine Schultern und sie beugt sich zu mir. »Normalerweise findest du immer mehr Zeit für mich, wenn du hier bist. Was ist los, Leano? Hast du vergessen, wie viel Spaß wir haben können? Ich muss ständig daran denken ...« Ihr Blick sieht verführerisch an mir herab, ihre Absichten sind klar und auch mein Körper reagiert, während Maria sich noch enger an mich drängt. Ihre Hände gleiten über meinen Rücken, zu meinem Bauch und sie beugt sich nach oben, als sie in meinen Schritt fasst. Ihre Lippen finden meine, und für einen Moment schaffe ich es, alles von mir zu schieben. Ihr Griff wird härter, ihre Brüste reiben an meiner Brust, ihr Geschmack liegt vertraut auf mir und doch ... nur wenige Sekunden später spüre ich, dass das hier nicht richtig ist. Es fühlt sich falsch an.

Ich beende den Kuss, sehe Maria ungläubig in die Augen und würde mich am liebsten selbst schlagen, was zur Hölle stimmt denn mit mir nicht? »Ist alles in Ordnung? Du wirkst so angespannt, lass mich dafür sorgen, dass du dich entspannst.«

Während Marias Lippen meinen Hals weiter entlanggleiten, schleicht sich ein anderes Bild in meinen Kopf. Ein anderes Gesicht. Avalyn. Ihre Augen, ihr Lachen, die Art, wie sie mich ansieht, wie sich eine kleine Falte auf ihrer Stirn bildet, wenn sie wütend wird, die Enttäuschung in ihren Augen und das Strahlen, wenn sie Dinge das erste Mal sieht. Es ist, als ob ich plötzlich aufwache, die Realität wieder klar sehe. Maria ist hier, aber mein Herz ... mein Herz und meine Gedanken sind woanders.

»Leano?«, flüstert Maria, ihre Lippen gleiten fordernd tiefer. Ich weiß, dass diese Erkenntnis, die mich überkommt, nichts ändert, nichts an der Situation ändert, deshalb lasse ich es zu, dass Maria auf die Knie geht und meine Hose öffnet. Ich schließe die Augen, vertreibe die Gedanken an Avalyn, spüre die weichen Lippen, die mich umfangen und stütze mich an der Wand gegenüber ab, als sie immer schneller beginnt, an mir hoch- und runterzugleiten. Zwischendurch stöhnt sie auf, bevor sie ihn wieder tief in sich aufnimmt. Das hier bin ich, ein Mann, der keine Gedanken an die anderen verschwendet, schon gar nicht an die Frauen, mit denen ich im Bett lande.

Obwohl ich mir das immer wieder sage, kann ich nicht anders, ich denke an Avalyn, an ihren perfekten Körper, diesen Hintern, ihre Brüste, ihren Geschmack auf meinen Lippen und greife in Marias Haare, um ihren Kopf festzuhalten, während ich immer tiefer und härter in ihren Mund stoße. Statt wegzuweichen, umfassen ihre Hände meinen Hintern und fordern mehr und das gebe ich ihr. Ich stoße zu, immer schneller und tiefer, höre, wie sehr es sie herausfordert, bis ich auffluche und mich in ihr ergieße.

Maria steht auf und lächelt zufrieden. »Ich hoffe, ich konnte behilflich sein. Ich muss noch ein paar Dinge für das Essen morgen vorbereiten, sonst bringt meine Mutter mich um, aber danach komme ich zu euch raus und dann bist du hoffentlich wieder der Alte.«

Statt entspannter fühle ich mich nur noch beschissener, die Befriedigung meines Körpers bringt meinem Kopf gar nichts. Ich ziehe mich wieder an. »Du hast recht, ich bin momentan mit den Gedanken woanders, das hat sich aber in ein paar Tagen erledigt. Viel Spaß in der Küche.« Sie will mir einen Kuss auf den Mund geben, doch ich gebe ihr einen auf die Wange und wende mich dann ab, um auf den Hof zu den anderen zu gehen.

Ein Glas Schnaps, etwas zu essen und Karten helfen sicher auch ein wenig, die Zeit, bis wir hier abhauen können, schneller zu überbrücken, doch auf halbem Weg bleibe ich stehen. Noch schmecke ich Maria auf meinen Lippen, deswegen drehe ich mich um. Erst einmal brauche ich eine Dusche. Die Kälte der Nacht schleicht sich langsam durch das Gemäuer der Burg. Im Sommer ist das sehr angenehm. Die Gedanken wirbeln weiter in meinem Kopf, selbst jetzt, als der Klang der Befriedigung durch mein Blut rauscht.

Als ich umbiege und in den Flur trete, der zu meinem Raum führt, bleibe ich abrupt stehen und würde am liebsten erneut auffluchen. Avalyn lehnt an der Wand, in nichts als einem weißen Nachthemd, was ihr bis zu den Knien geht, wahrscheinlich war das in den Sachen dabei, die ich besorgt habe. Der Grund für all meine wirren Gedanken lehnt an meiner Tür und sieht mir entgegen, als wäre nichts passiert.

Ihre hellbraunen Locken fallen ihr auf den Rücken und ihre großen dunklen Augen liegen auf mir. »Hey … ich … eine Mitarbeiterin hat mir gesagt, wo dein Raum ist. Ich kann nicht schlafen und ich wollte wegen vorhin …« Sie sieht sich immer wieder um, also greife ich an ihr vorbei, öffne die Tür und wir stehen in der kleinen Wohnung, die ich hier in der Burg bewohne. Es gibt einen kleinen Aufenthaltsraum, den ich durchquere, um meine Uhr auf den Schreibtisch zu legen, ich gehe direkt ins Schlafzimmer, von dem auch das Bad abgeht. Ich spüre noch immer Maria auf mir und ich kann deshalb Avalyn kaum ansehen. Gleichzeitig fasse ich nicht, wie sich mein ganzes Denken verändert, sobald ich diese Frau ansehe, was wird das?

»Was ist mit vorhin? Ich denke, du hast alles gesagt, was du darüber denkst, oder hast du deine Meinung doch geändert?« Avalyn folgt mir und setzt sich ganz selbstverständlich auf mein Bett. Ich ziehe mir mein Shirt aus und sehe zu ihr. Ist ihr eigentlich klar, was sie hier tut? Ist ihr bewusst, wie sie sich verhält, dass sie mir zu vertrauen scheint und sich so wohl bei mir fühlt, dass sie sich auf mein Bett setzt, an die Kopfkissen lehnt und nach den richtigen Worten sucht? Sie scheint nicht einmal darüber nachzudenken und ich beneide sie gerade um diese Fähigkeit.

»Nein, das habe ich nicht …« Ich lache auf und streife mir die Schuhe von den Füßen. »Natürlich nicht.« Avalyn sieht mir in die Augen. »Ich bin nicht hier, um mit dir über die Dinge zu diskutieren, die wir eh nicht ändern können, sondern weil es nicht fair von mir war, dir vorzuwerfen, dass du genauso ein Gefangener bist wie ich. Du warst von Anfang an nett zu mir, du, Adam, Tizian, meinen Frust jetzt an euch auslassen, ist nicht fair. Das wollte ich dir sagen … und wie gesagt … ich kann nicht schlafen.«

Ich bin in der Bewegung stehengeblieben, mein Blick gleitet von ihren schönen Augen zu ihren vollen Lippen, den

Brüsten, die man durch das zarte Nachthemd schimmern sieht, über ihre helle Haut. Gott, ich verliere noch den Verstand und noch immer schmecke ich Maria an mir.

»Warte hier, ich muss dringend duschen.« Mehr kann ich ihr dazu nicht sagen. Sie lehnt sich tiefer in meine Kissen und nickt nur leicht, während ich ins Bad und direkt unter die Dusche gehe. Himmel noch einmal, wie komme ich aus alldem raus? Vielleicht schaffe ich es doch noch, sie zu überzeugen, das Richtige zu tun? Zurück ins Kloster zu gehen und zu warten, bis ich eine andere Lösung habe. Doch ist das das Richtige? Was für eine Lösung soll das überhaupt sein? Im Grunde habe ich nicht einmal Zeit, mich des Problems anzunehmen und doch kann ich das erste Mal wieder richtig durchatmen, mit dem Wissen, dass Avalyn im Zimmer nebenan ist und auf mich wartet.

Sobald ich aus der Dusche trete, fühle ich mich besser, ich trockne mich ab, ziehe mir eine Boxershorts über und gehe zurück ins Zimmer, gewappnet mit Argumenten, wieso wir zumindest keine Entscheidung überstürzen sollten. Alles in mir drängt mich, ihr die Wahrheit zu sagen, ihr zu sagen, wer sie wirklich ist, damit sie versteht, wieso wir sie nicht gehen lassen können, doch ich verstehe auch, dass mein Onkel es bisher niemandem gesagt hat. Diese Wahrheit ist grausam, schon jetzt ist ihr Schicksal nicht leicht, ich will es ihr nicht noch schwerer machen, indem sie erfährt, wer ihr Vater war und dass sie noch zwei Schwestern hat, von denen sie nichts weiß.

All das macht mich noch wahnsinnig, als ich dann aber in mein Schlafzimmer trete, ist es ganz still. All der Ballast, all die

Sorgen, all die Gedanken fallen von mir ab und ich kann nicht anders, als dass sich ein warmes Lächeln auf meinen Lippen ausbreitet.

Avalyn liegt inmitten meiner Kissen, ihre Haare um sie herum verteilt wie ein wilder Fächer und sie schläft tief und fest. Hatte sie nicht gesagt, sie kann nicht schlafen? Und doch fühlt sie sich hier so wohl, dass sie innerhalb weniger Minuten einschläft.

Vielleicht sollte ich sie wecken, vielleicht sollte ich zu meinem Bruder und den anderen gehen, vielleicht sollte ich vernünftig sein und das, was mich die ganze Zeit umtreibt, nicht auch noch vertiefen und doch kann ich gar nicht anders. Ich lege mich neben sie ins Bett, bedacht, darauf zu achten, sie nicht zu wecken. Sobald ich liege, die Decke über uns ausbreite und meinen Arm um sie lege, wendet sich Avalyn schlafend zu mir um.

Ihre Nase liegt an meiner Schulter, ihr Bein legt sich auf meines und ihr Gesicht ist entspannt und glücklich.

Es ist wahrscheinlich gar nicht mehr aufzuhalten, dass ich mit Vollgas auf dem Weg zu einer Katastrophe bin. Doch selbst das Wissen hindert mich nicht daran, Avalyn auf die Stirn zu küssen, ihren Duft zu inhalieren und beruhigt die Augen zu schließen.

Avalyn

Obwohl ich mich in der ausweglosesten Situation befinde, die man sich vorstellen kann, habe ich tief und fest geschlafen. Als ich meine Augen öffne, blicke ich auf Leanos goldbraune Brust, die sich hebt und senkt.

Mir ist bewusst, dass Leano ein Teil von dem Ganzen ist und doch fühle ich mich sehr wohl bei ihm. Ich gebe einen Kuss auf seine Brust, sehe einen Moment in sein friedliches Gesicht und muss schmunzeln.

Er ist ein schöner Mann. Seine langen Wimpern, die dunklen Augen, die geschwungenen Lippen, das Grübchen, das sich beim Lachen bildet, all das passt nicht zu dem grausamen Leben, das er lebt und doch ist genau das das Anziehende.

Ich versuche, mich vorsichtig aus seinen Armen zu befreien, doch er merkt das sofort und murmelt ein leises »Wohin?«.

Ich küsse noch einmal seine Wange und sage ihm, dass ich duschen will, was ihn dazu bringt, mich gehen zu lassen. Im Bad wird mir allerdings klar, dass ich gar nichts zum Duschen oder Wechseln hier habe und so schlüpfe ich leise aus seinem Zimmer, laufe barfuß zu dem Raum, den ich bekommen habe und gehe dort unter die Dusche.

So ganz weiß ich noch nicht, was ich tun soll, ich habe einen kleinen Plan im Kopf. Heute habe ich die Zeit, ihn auszuarbeiten und das werde ich tun. Ich will zumindest darauf vorbereitet sein. Rein theoretisch kann es auch sein, dass ich Antonio sehe und denke, dass ich mir das doch vorstellen kann. Wenn ich jetzt aber daran denke, wie gut ich mich in Leanos Armen fühle, ist das eher unwahrscheinlich.

Deswegen ist heute die Chance zu planen. Ich dusche mich ab, creme mich ein, schminke mich leicht und ziehe mir ein graues Sommerkleid mit einer passenden Strickjacke über. Draußen ist es heiß, in der Burg eher kühl.

Gestern wurde mir das Essen gebracht, heute mache ich mich selbst auf die Suche nach der Küche oder einem Essensraum, dabei sehe ich mir die Burg genau an. Es gibt mehrere Gänge, überall Abzweigungen, doch ich merke schnell, dass ich auf einer Höhe und einem Flur bin, auf dem auch das Büro von Vito liegt, in dem Leano seinen beeindruckenden Bereich hat und aus der einen Tür habe ich gestern auch Tizian kommen sehen. Hier wohnen die Mitglieder der Sacra Notte.

So leise wie möglich gehe ich die Flure entlang, immer wieder kommen mir Dienstboten entgegen und ich merke, dass sie alle aus einem Bereich kommen, in den ich ihnen folge. Hier ist es enger und feuchter, ich sehe in offenstehende Türen, betrete einen Raum, in dem Wäsche hängt, eine Vorratskammer und dann stehe ich mitten in einer Küche, in der die Leute geschäftig hin und her rennen.

»Was tust du denn hier? Bist du nicht der Gast von Vito? Du hast hier nichts verloren oder hast du einen besonderen Wunsch?« Eine stämmige Frau kommt zu mir und stellt sich vor mich, dabei wischt sie ihre Hände an ihrer Schürze ab. Mein Blick gleitet blitzschnell in der Küche umher, auf die Messerblöcke, die Seitentüren und wie viele Menschen hier sind.

»Nein … ich meine ja, ja, das bin ich. Ich wollte frühstücken und habe mich wohl verlaufen.« Sie nickt. »Das hast du. Gustav, bring sie in den Essenssaal, ich bringe dir gleich ein leckeres Frühstück.« Ein junger Mann mit einer alten Kochmütze auf dem Kopf lächelt mich freundlich an und deutet mir, ihm zu folgen. »Hier entlang, hier befinden sich die Arbeits- und Wohnräume des Personals ...« Ich beeile mich, um mit ihm Schritt halten zu können. »Entschuldige, das wusste ich nicht und die vielen Türen in der Küche, kommt man von da aus der Burg heraus oder wohin führen die?« Der junge Mann bringt mich über die Treppe hinunter und zu einem weit offenstehenden, mit rotem Teppich verzierten Raum. »Oh nein, die führen zu einigen Vorrats- und Kühlkammern, Lagerräumen und in den Keller.«

Wir sind so schnell, dass wir fast in Vito und einen anderen Mann hineinlaufen. Den Mann habe ich auch schon ein paar Mal gesehen, er war manchmal bei Vitos Besuchen dabei, auch wenn er sich im Hintergrund gehalten hat. »Hallo, guten Morgen Avalyn, ich wusste nicht, dass du schon wach bist, sonst hätten wir mit dem Frühstück gewartet, leider haben wir einen Termin, das … Geht es dir inzwischen besser?«

Vitos dunkle Augen mustern mich überrascht und ich versuche, so selbstsicher wie möglich zu lächeln. »Ja, ich gebe dem Ganzen zumindest eine Chance. Das macht nichts, ich bin es gewohnt, in Stille zu essen.« Er nickt. »Natürlich. Gustav, deck bitte die Terrasse für sie ein, wenn sie schon alleine isst, soll sie die schönste Aussicht haben.« Er beugt sich zu mir und gibt mir einen Kuss auf die Wange. Wieder lächle ich, obwohl ich schreien will, dann gehen die beiden und der Mann deutet mir weiter, ihm zu folgen.

Mein Blick gleitet über den prunkvoll eingerichteten Essenssaal, überall hängen goldene Leuchter, die Strahlen der Sonne, die schon am Himmel steht, prallen daran ab, verteilen goldene Funken auf den edlen Läufern. Ein Tisch, um den sicherlich zwanzig Leute sitzen können, schmückt den Raum in der Mitte, ganz am Ende erkennt man, dass dort zwei gesessen und gegessen haben. Ich bemerke ein Bild von Vito mit einem Jungen, Leano, ich erkenne ihn an seinem Grübchen, es ist gezeichnet und schmückt die Wand des Saals, beeindruckend.

»Bitte warten Sie hier.« Plötzlich ist Gustav förmlicher. Ich will ihm sagen, dass er das nicht muss, doch da ist er bereits weg. Erst dann sehe ich mich auf der Terrasse, auf der neben einigen Liegen auch ein kleinerer Tisch steht, richtig um und bin von dem atemberaubenden Anblick fast erschlagen. Von hier sieht man auf den Wald, die beeindruckenden Felsen um

160

einen herum, ich kann auf einen Wasserfall sehen, der aus dem Felsen kommt und kann einige Vögel entdecken, die in der Luft fliegen.

Die Terrasse ist alt und dennoch, mit den Möbeln und den vielen Pflanzen wirkt sie modern. Ich setze mich an den Tisch und als hätten sie nur darauf gewartet, kommen mehrere Angestellte, decken den Tisch mit Blumen, Geschirr, frischem Kaffee, Pancakes, Croissants, Marmelade, Honig, Oliven und Schafskäse. Es gibt keine Ecke am Tisch, die nicht mit Essen ausgefüllt ist.

Ich hebe meine Hände und erst als sie fertig und weg sind, muss ich leise lachen. Was für ein Wahnsinn, das ist doch nicht normal. Solch ein Luxus ist zu viel, das wird man ja nicht einmal richtig genießen können, zumindest nicht auf Dauer. Da ich weiß, dass es bei mir ja nicht von Dauer sein wird, mache ich es mir gemütlich, probiere von allem etwas, trinke meinen Kaffee und genieße diesen atemberaubenden Ausblick und die Ruhe. Irgendwann kommt Adam zu mir. Er trinkt nur einen Kaffee, leistet mir aber Gesellschaft und erzählt mir, dass es nur hier so extravagant ist. Sie haben sonst meistens Anwesen auf dem Land wie die Ranch oder am Meer.

Adam erzählt mir auch, dass er nicht wie Tizian und Leano hier hineingeboren wurde. Er ist eher in ärmlichen Verhältnissen großgeworden. Aus dem Dorf, aus dem er stammt, kommt die Familie von Leanos Mutter und sie ist immer wieder mit ihren Kindern dorthin gekommen. Sie sollten sich von den beiden fernhalten, weil ihre Eltern wussten, dass sie das nur in Schwierigkeiten bringen kann.

Irgendwann hatte Adam Stress mit einigen Nachbarjungen, erst hat er sich mit einem geprügelt, dann waren es plötzlich vier und er hat einiges abbekommen, bis plötzlich Leano auftauchte. Er hat ihm geholfen, ohne zu fragen, worum es ging, sie haben die vier fertiggemacht und sich dann blutend in der Scheune seiner Familie versteckt, zusammen Sonnenblumenkerne gegessen und Äpfel, die sie unterwegs mitgenommen haben.

Das war der Anfang ihrer Freundschaft, von da an waren sie immer zusammen, wenn Leano mit seiner Mutter da war, bis zu dem Tag, an dem Leanos Eltern gestorben sind. Dann kam Leano immer seltener seine Großeltern besuchen, doch bei einem dieser Besuche hat er Adam gefragt, ob er mit ihm kommen und ihm helfen will, die Familie zu leiten, und seitdem haben sich ihre Wege nicht mehr getrennt.

Adam sagt, dass Leano neben all dem, was er ist, der Anführer und der zukünftige Kopf der Sacra Notte, der knallharte Geschäftsmann und skrupellose Mistkerl, der er manchmal sein kann, vor allem eins ist: Ein Mann, auf den man sich immer verlassen kann und der für die Menschen, die er liebt, tötet und alles tun wird.

In jedem Wort von Adam erkennt man das Band, was die beiden verbindet. Ich kenne Leano noch nicht lange und doch hat er es schon geschafft, mich zu beeindrucken und tut es auch jetzt noch, obwohl er nicht einmal anwesend ist. Adam nimmt mich danach mit zu Tizian, sie müssen in die nächste Stadt, selbst mit dem Auto braucht man eine Weile dahin. Ich begleite die beiden noch ein wenig, es wirkt fast so, als hätten sie sich an meine Anwesenheit gewöhnt. Dann sage ich ihnen aber, ich lege mich noch einmal hin und streife weiter durch die Flure, in der Hoffnung, etwas zu finden, was meinen Plan verfestigt.

Dabei laufe ich direkt in Leanos Arme. Ich bin über eine Treppe in den Kellerbereich gekommen, der sich tatsächlich fast nur unter dem Mitarbeiterbereich befindet. Mit allem hätte ich gerechnet, aber nicht mit ihm. Er trägt Shorts und ein weißes Shirt, im Gegensatz zu dem Anzug seines Onkels sehr sportlich, sein Blick gleitet an mir herab und er legt den Kopf schief. »Was tust du hier? Dein Zimmer ist ganz auf der anderen Seite und ein Stockwerk über uns.« Ich folge seinem Beispiel und lege meinen Kopf ebenfalls schief. »Ich war mit Adam und Tizian draußen und habe mich offenbar verlaufen. Was tust du hier?« Leano verschränkt die Arme vor der Brust. »Hast du das? Dann werde ich dir helfen zurückzufinden.«

Man kann einfach nicht glauben, dass ich die ganze Nacht in seinen Armen geschlafen habe und er mich gerade noch nicht aus seinen Armen entlassen wollte, so kalt, wie er mich jetzt wieder ansieht. Dieser Mann ist unglaublich und doch habe ich das Gefühl, ihn mittlerweile einschätzen zu können. Deswegen bin ich auch gestern zu ihm gegangen, weil ich das Gefühl hatte, nur dort ein wenig Ruhe zu finden.

Deswegen lasse ich mich von seiner kalten Art auch nicht beeindrucken. »Ich finde schon zurück, was tust du hier?« Leano hebt die Augenbrauen, mittlerweile kennt er mich und meine neugierige Art auch ziemlich gut und wendet sich wieder um, um weiterzugehen. »Von mir aus, aber verirr dich nicht.« So leicht kommt er mir nicht davon. Ich bleibe an seiner Seite und halte mit ihm Schritt. »Wohin willst du? Was hast du vor, was so geheim zu sein scheint?«

Er biegt in einen weiteren Gang ein, der aber schon viel enger ist. Hier gibt es keine Türen. Ich muss aufpassen, dass ich später wirklich wieder zurückfinde.

»Es ist nicht geheim, ich wollte nur raus und ein paar Minuten meine Ruhe haben und hier verschwinden. Wenn du willst, kannst du mitkommen, dir wird etwas frische Luft auch guttun bei dem … für das du dich entschieden hast.«

Einen Moment bleibt er stehen und sieht mich an. Mir liegt schon wütend auf der Zunge, dass ich nicht gerade eine große Auswahl hatte, doch ich lasse es sein und nicke nur, ich möchte sehen, wohin die Tunnel führen.

»Dachte ich mir, hier lang. Den Weg kennt kaum einer, er führt zu einem Fluss, aus dem die Bediensteten durch den Tunnel früher das Wasser für die Burg geholt haben, heute nicht mehr, doch den Weg haben Tizian und ich immer genutzt, wenn wir hier waren und mal rauswollten.«

Wir gehen zu einer Gabelung mit zwei Fluren und nehmen den linken. Nun wird es wirklich eng. Wir können nur noch nacheinander gehen, Leano lässt mir den Vortritt und nach nur wenigen Minuten sehen wir Licht im Gang. So schwer ist der Weg nicht, ich würde … am Ende des Tunnels ist eine alte Stahltür. Sie verhindert, dass man hinaus oder herein in die Burg kommt. So alt diese Gittertür auch ist, so modern ist das Schloss, was angebracht ist. Leano deutet mir, mich umzudrehen und ich habe keine Wahl, also sehe ich nicht, welche Zahlenkombination er eintippt, aber dann wohl, dass das Schloss viel zu dick und massiv ist, um es einfach so zu knacken.

Meine gerade noch gestiegene Laune senkt sich wieder, als wir hinaus auf eine Lichtung treten. Die ganze Zeit habe ich schon ein Rauschen wahrgenommen, doch jetzt bleibe ich so abrupt stehen, dass Leano fast in mich hineingelaufen wäre, und genau hinter mir stehenbleibt. Wir sind auf einer bunten Blumenwiese direkt an einem kleinen, schmalen Fluss, der hier entlang fließt, und vor einen Wasserfall. Es ist nicht der große, den ich von der Terrasse gesehen habe, doch er ist trotzdem wunderschön anzusehen.

»Es ist wunderschön hier ...« Leano geht ein paar Schritte in Richtung des Flusses, hier steht ein flacher Felsen, vor dem er sich setzt und sich dagegen lehnt. »Das ist es, lass mich raten, du hast noch keinen Wasserfall gesehen.« Das erste Mal heute bilden sich seine Grübchen auf den Wangen, als ich ihn anstrahle und mich zu ihm setze. Es scheint so, als hätte er den kalten Anführer in der Burg gelassen. »Nein, das habe ich nicht ..« Ich streiche mir die Flipflops von den Füßen und lasse meine Füße in den Fluss, der gar nicht so kalt ist, bei der Hitze hier draußen ist er angenehm kühl.

Schmetterlinge fliegen um uns herum, es duftet nach frischem Obst und das Rauschen des Wasserfalls beruhigt mich sofort, dazu die warmen Strahlen der Sonne auf der Haut. Zufrieden wende ich mich zu Leano um, nachdem ich mir all das noch einmal angesehen habe und treffe auf seine dunklen Augen. Er hat mich von der Seite beobachtet und wieder flackert diese Wärme in seinen Augen, sie ist nicht oft da, doch wenn, dann genieße ich sie.

»Weißt du, die Nonnen haben uns täglich von Gott erzählt, von dem, was er erschaffen hat. Ich kann nicht sagen, dass ich daran geglaubt habe, ich meine, ich habe dann immer gefragt, wieso ich dort bin und nicht bei einer Familie, die mich liebt. Aber jetzt, wenn ich so etwas sehe, denke ich, sie haben recht: Das ist zu schön, um einfach so zu entstehen. Glaubst du an Gott?« Ich lehne mich neben ihn an den Felsen und wir sehen zusammen zum Wasserfall.

»Natürlich tue ich das. Meine Mutter ist jeden Sonntag mit uns in die Kirche gegangen. Als ich dann zu Vito kam, hat er das schleifen lassen, doch ich bin gläubig.« Ich schließe die Augen. »Dann solltest du vielleicht über einen neuen Job nachdenken. Glaub mir, ich weiß, was man alles tun darf und was nicht ...« Ich öffne leicht die Augen. Ein schiefes Lächeln huscht über sein Gesicht. »Da hast du vielleicht sogar recht.«

Einen Moment sagt keiner von uns etwas, es ist eine angenehme Stille und auch wenn der Mann neben mir gerne zum Eisbrocken mutiert, dem alles egal ist, rutsche ich noch ein Stück zu ihm und lege meinen Kopf auf seine Schulter. Ich spüre, wie Leano sich versteift, ich scheine ihn immer wieder zu irritieren, doch er lässt die Nähe zu und entspannt sich wieder.

»Wenn du wählen könntest, wenn all das nicht wäre, wenn du dir hier und jetzt ein Leben aussuchen könntest, was würdest du tun wollen? Wie sähe dein Leben aus?« Seine raue Stimme lässt mich meine Augen wieder öffnen. Ich atme genüsslich seinen Duft ein und denke über seine Worte nach.

»Das ist ganz unterschiedlich. Ganz früher habe ich mir immer vorgestellt, wie ich auf Pferden durch die Welt reise, ich wollte auch mal zu einem Zirkus gehören, dann irgendwann wollte ich studieren und die Welt bereisen, Mutter werden mit einem tollen Mann und einfach ein normales Leben führen. Eine Zeitlang wollte ich Ärztin werden oder Lehrerin oder auch mal Flugbegleiterin ... Wie du siehst, hatte ich schon viele Träume, doch noch niemals hat sich auch nur einer erfüllt. Was ist mit dir? Wenn du dir dein Leben ganz neu gestalten würdest? Wärst du Manager einer Bank? Hättest du eine Frau und Kinder ... was würdest du dir wünschen ...?« Auch wenn ich die Augen geschlossen habe, höre ich sein Lächeln.

»Also wenn ich ganz ehrlich bin, würde ich mir nichts anderes wünschen. Wenn ich wählen könnte, würde ich immer wieder dieses Leben wählen, ich bin zufrieden, genauso wie es ist und würde nichts ändern.« Nun lächle ich auch. »Das nennt man dann wohl wahres Glück.« Er nickt. »Das könnte sein.«

Einen Moment spüre ich seine Lippen an meinen Haaren, als würde auch er meinen Duft einatmen, doch ich lasse meine Augen geschlossen. Ich weiß nicht, ob ich mich schon jemals so wohlgefühlt habe wie in diesem Moment, hier vergesse ich alles, was auf mir lastet.

»Erinnerst du dich an gar nichts aus Puerto Rico? Ich meine, man spürt, dass du eine Latina bist, dein Temperament habe ich ja selbst nun schon ein paar Mal erlebt und auch so ... man spürt und sieht es einfach.« Ich muss lachen und setze mich doch wieder auf, um ihn anzusehen. Es wird wärmer, je länger wir hier sitzen.

»Das höre ich oft. Das ist in mir drin, denke ich. Wie gesagt, bewusst erinnere ich mich nicht. Irgendwie denke ich, ich habe eine Schwester, aber ich kann dir nicht sagen wieso. Ich habe bereits mit zwei relativ viel gesprochen. Vito hat mir erzählt, dass ich ihm auf den Flug nach Italien wie ein Wasserfall auf Spanisch versucht habe, alles zu erklären, was ich aus dem Fenster entdeckt habe. Ich war von Anfang an sehr neugierig und wie du sagst, temperamentvoll. Im Kloster war eine Nonne aus Spanien, sie hat sich um mich gekümmert und weiter mit mir auf Spanisch gesprochen. Ihr war es wichtig, dass ich es richtig kann, sie hat mich auch in der Schulzeit darin unterrichtet ...« Ich lächle und spreche auf Spanisch weiter. »Somit spreche ich perfekt spanisch.«

Leanos Blick liegt auf meinem Gesicht, er hört mir zu und scheint die Zeit hier genauso zu genießen wie ich. Da ich nicht weiß, ob er spanisch spricht, spreche ich auf Italienisch weiter. »Vito mochte das nicht, wenn er gemerkt hat, dass ich spanisch spreche, war er immer wütend, aber ja, dank der Nonnen habe ich diesen Teil nie vergessen. Und als ich dann im Club war, wurde oft Reggaeton gespielt, zumindest wurde mir gesagt, dass diese Musikart so heißt und dass man sie in Ländern wie Puerto Rico, Kolumbien oder Mexiko rauf und runter hört. Irgendwann kam das Lied ...

> Dile que bailando te conocí
> Cuéntale
> Dile que esta noche me quieres ver
> Cuéntale

Cuéntale que beso mejor que él
Cuéntale
Dile que esta noche tú me va' a ver
Cuéntale

Cuéntale que te conocí bailando
Cuéntale que soy mejor que él
Cuéntale que te traigo loca
Cuéntale que no lo quiere ver
Cuéntale que te conocí bailando
Cuéntale que soy mejor que él
Cuéntale que te traigo loca
[1]Cuéntale que no lo quiere ver

Ich singe das Lied leise und er nickt und lächelt. »Das kenne ich.«
Sofort setzt sich dieses Gefühl in meine Brust. »Als ich es gehört
habe, wusste ich, dass ich es kenne. Ich weiß nicht wieso und
woher, doch ich kenne das Lied, ich konnte es sogar mitsingen
und es fühlt sich an wie … Heimat … es ist schwer zu beschrei-
ben, doch jedes Mal wenn ich im Club war, habe ich mir das
Lied gewünscht. Also ja, ich spüre, dass ich aus Puerto Rico
stamme, doch ich kann es nicht richtig … fassen.«

Mir wird immer wärmer, die Nähe zu Leano und sein dunkler
Blick auf mir macht es nicht besser. Einen Moment sehe ich ihn
einfach nur an, er will so viel von mir wissen und er selbst ist mir
noch ein Rätsel. Am liebsten würde ich ihm auch einige Fragen
stellen, doch stattdessen beuge ich mich zu ihm und küsse ihn.

1   Songtext Dile von Don Omar

Es hat mir gefehlt. Es soll nur ein kleiner Kuss sein, doch ein weiteres Mal überrascht mich Leano, indem er seine Hand an meine Wange legt und mich zärtlich zurück küsst. Dieser Kuss hat nichts Drängendes, nichts Forderndes. Er ist süß und unschuldig, echt, es fühlt sich zumindest so an. Nachdem wir den Kuss gelöst haben, lächle ich und Leano küsst meine Wange. »Es ist warm, komm wir kühlen uns ab.« Ich deute ihm zu kommen, stehe auf und gehe im Fluss zum Wasserfall. Der Fluss geht gerade mal bis zu meinen Knien, doch die Steine sind rutschig und ich muss aufpassen. Bevor ich am Wasserfall ankomme, wende ich mich um. Leano ist hinter mir, er hat sich sein Shirt ausgezogen und seine Shorts und trägt nur noch die Boxershorts.

Was für ein Mann, mein Blick gleitet über seine braune Haut, die durchtrainierten Muskeln, die Tattoos, den kleinen dunklen Flaum, der von seinem Bauchnabel bis in seine Hose gleitet. Leano erwidert meinen Blick und deutet mir, mich auszuziehen. Ich mag es nicht, wenn er den kalten Anführer zeigt, der in ihm steckt, doch diese bestimmende Art mag ich, denn sein Blick liegt nun dunkel, warm und verlangend auf mir.

Langsam, damit er auch nichts verpasst, streife ich mir mein Kleid und meinen BH ab und stehe nur noch im Slip vor ihm. Ich gehe zwei Schritte zurück und stelle mich unter den kühlen Strahl des Wasserfalls. Das Wasser kühlt meine Haut ab, ich spüre, wie meine Brustwarzen hart werden und lasse Leano nicht aus den Augen.

Er kommt näher, sein Blick gleitet über meinen Körper und ich beiße mir auf die Lippe, als er mir deutet, mich zu drehen. Langsam ziehe ich mir den Slip von den Beinen, dann wende ich mich um und gehe so weit in den Wasserfall hinein, dass nur

170

noch mein Hintern zu Leano zeigt. Der Wasserfall ist nicht breit, sodass ich schon fast wieder im Trockenen stehe, nur mein Po ragt noch heraus und wird vom Wasser umspielt.

Hier hinter dem Wasserfall gibt es einige flache Felsen und ich lehne mich an einen, als ich Leanos breite Hände an meinem Po spüre, die ihn streicheln und fest zudrücken. Keine Sekunde später durchbricht auch er den Wasserfall und ich spüre seine Lippen an meiner Wange und seine Zunge, die meinen Hals entlanggleitet. Seine Hände liegen weiter auf meinem Hintern und ich stöhne auf.

»Du magst das, oder?« Er greift fester zu. »Ich liebe es, gib mir deinen Mund.« Dieses Mal ist nichts Zärtliches dabei, als ich mich an seine Brust lehne und er meinen Mund erobert. Er zeigt mir genau, was er will, küsst mich hart, seine Hand bleibt an meinem Hintern, die andere fährt zu meiner Brust und ich keuche auf, als er auch sie hart umfasst.

»Es mag sein, dass du bisher nicht viel Wahl hattest, meine kleine Latina, aber jetzt und hier hast du sie ...« Er lässt meinen Hintern los und greift von vorne in meine Mitte, was mich die Augen schließen lässt, ohne Vorwarnung dringt er mit zwei Fingern in mich ein und spürt, wie bereit ich bereits bin.

»Sag mir, dass du das hier willst ...« Ich nicke, er küsst mich hart, zieht die Finger heraus und stößt sie wieder hinein. Sobald er meine Lippen loslässt, legt er sie an mein Ohr, dabei zieht er sich die Shorts herunter und ich spüre seine Erregung an meinem Hintern. »Ich kann dich nicht hören, Avalyn, sag es mir.« Er streicht seine Erregung einmal durch meinen Schlitz, dabei gleiten seine Finger weiter in mich hinein. Dieser Mann macht mich verrückt.

»Ich will es, bitte mach es endlich.« Ich höre sein Lächeln an meinem Ohr, er dringt mit seiner Hand tiefer ein und gleitet im selben Moment von hinten in mich hinein. Es ist das erste Mal, dass ich einen Mann dort spüre und ich schreie auf vor Überraschung. »Das ist …« Ich kann meine Gefühle kaum fassen, Leano lässt mir keine Zeit, er zieht sich zurück und stößt im selben Moment mit den Fingern zu, ich schließe die Augen, dann stößt er von hinten zu und ich gebe mich diesem Gefühl hin, von beiden Seiten, noch niemals habe ich etwas so intensiv gespürt. Ich habe das Gefühl zu zerschellen, als er mich immer weiter treibt mit tiefen schnellen Stößen und nur wenige Stöße später schreie ich erneut lustvoll auf und komme und auch er stöhnt auf und ergießt sich in mir.

Sein Atem gleitet über meinen Rücken, wir beide brauchen ein paar Minuten, um wieder richtig Luft holen zu können, dann gleiten seine Lippen federleicht über meine Wirbelsäule, seine Finger folgen, er zieht sich aus mir heraus und dreht mich um, sieht mir in die Augen und legt seine Hand an meine Wange. »Du bist eine Überraschung für mich, Avalyn. Ich dachte, ich habe schon alles erlebt und gespürt, doch das habe ich nicht.« Ich schlucke unter seinem ernsten Blick und er küsst mich. Anders, viel zärtlicher, gefühlvoller. Leano hebt mich hoch, wir stehen einen Moment beide unter dem Wasserfall, nackt und lassen uns säubern, doch wir trennen unseren Kuss kein einziges Mal.

Leano küsst mich immer wieder, liebkost mein Gesicht, meinen Hals und immer wieder meine Lippen. Dieses Mal ist er zärtlich, als er mich streichelt und meinen Körper wieder neu belebt. Er setzt mich auf einen der Felsen und gleitet zwischen meine Beine, erst mit seinen Lippen dann mit seiner Erregung, dabei hört er nicht auf, mich zu küssen und mich zärtlich an sich zu halten.

Ich kann nicht mehr, dieser Mann ist ein einziger Widerspruch, harter und fordernder Anführer, zärtlicher und warmherziger Liebhaber, innerhalb von Sekunden ändert er sein Wesen, doch in dem Moment gebe ich es auf, das zu unterscheiden, er ist beides und ich inhaliere genau das beides, küsse ihn, schmecke seine Haut, halte mich an ihm fest und gebe mich Leano Da Luca mit allem hin, was ich habe.

Egal was in den nächsten Tagen passiert.

Das Hier werde ich niemals vergessen.

Leano

Befriedigt und mehr als zufrieden laufen Avalyn und ich zusammen in die Burg zurück. Kein Vergleich zu der Laune, die ich auf dem Hinweg zum Wasserfall noch hatte.

Ich konnte nicht genug von ihr bekommen, wir haben uns zweimal genossen und sind danach sogar noch etwas auf der Wiese liegengeblieben, Avalyn ist sogar ein paar Minuten in meinen Armen eingeschlafen. Fühlt es sich gut und richtig an? Auf jeden Fall. Sollte es das? Unter keinen Umständen und doch genieße ich es, dass sie barfuß neben mir herläuft und sich dabei das Gras aus dem Kleid streicht.

Wir treten gerade in den normalen Teil, als sie stehenbleibt und sich die Schuhe überstreift. Ich laufe einige Schritte weiter, und gerade als ich mich zu ihr umwende, um zu warten und sie in ihr Zimmer zu bringen, kommen mein Onkel und eine Hausangestellte um die Ecke direkt auf uns zu.

»Da seid ihr ja, wir suchen euch schon, also, Avalyn ...« Sie steht sofort wieder gerade, als wäre sie dieses Schauspiel jahrelang gewöhnt, was sie durch das Leben im Kloster ja auch ist.

»Ich ... Entschuldigung, das wusste ich nicht. Ich habe Kopfschmerzen und wollte gerade in die Küche, um nachzufragen, dabei habe ich ihn getroffen und wollte nach dem Weg fragen ...« Mein Onkel sieht einen Moment von ihr zu mir, doch dann deutet er auf die große Torte auf dem Tablett der Angestellten.

»Die Familie von Antonio hat sich gerade gemeldet. Sie sind bereits in der Nähe. Wie es scheint, kann er es nicht erwarten, dich zu treffen. Sie werden zum Abendessen vorbeikommen. Es wird schon alles vorbereitet, ich habe dir ein Kleid auf dein Zimmer bringen lassen, da ich nicht wusste, ob du eines für den Anlass hast ... Geht es mit den Kopfschmerzen?«

Ernüchternd, würde ich mal sagen, einen Moment sehen Avalyn und ich uns an, doch dann ist sie wieder in ihrer Rolle und lächelt.

»Ja, das geht, ich brauche nur eine Tablette ... Wo habt ihr welche?« Die Angestellte deutet in den Flur, der zur Kirche führt. »Im ersten Vorratsraum gibt es Verbände, Pflaster und auch einiges an Tabletten, ich kann Sie hinführen, aber ich muss erst die Torte wegbringen.« Avalyn deutet der Angestellten an, vorzugehen. »Das geht schon, zeig mir einfach wo und ich nehme mir eine Tablette ...«

Die beiden verschwinden in Richtung Küche, ich dachte, ich hätte noch Zeit, doch offenbar geht es heute schon los. »Leano, du musst in die nächste Stadt zu Adam und Tizian, es gibt Probleme mit der Ware, sie warten dort auf dich.«

Mein Onkel deutet mir, ihm zu folgen. »Jetzt? Ich denke, es kommt Besuch und ...« Vito zuckt die Schultern. »Das bekommen wir schon hin, sie werden dich nicht umsonst gerufen haben, sieh lieber nach, was da unten los ist. Sie warten im Roma auf dich.«

Natürlich, genau jetzt. Sie bekommen sonst immer alles alleine hin. Wütend gehe ich zu den Autos. Da die beiden den Wagen genommen haben, mit dem wir gekommen sind, nehme ich mir eines von meinem Onkel und rase den Berg hinab. Man braucht eine ganze Weile bis in die nächste Stadt, auch wenn ich mich beeile, brauche ich einige Zeit.

Den ganzen Weg über muss ich über Avalyn nachdenken. Ich frage mich, ob Antonio das in ihr sehen wird, was ich sehe. Wenn ja, wird er alles tun, um sie zu dieser Hochzeit zu bekommen und wie sollte man all das übersehen? Im Grunde weiß ich, dass mein Onkel mich erst dabeihaben wollte wegen der Contis, mich jetzt wegzuschicken bedeutet, dass er nicht so unwissend ist, wie ich es gehofft hatte.

Natürlich warten Adam und Tizian auf mich und auch die Geschäftspartner. Es gibt ein paar kleine Punkte, die zwischen dem Abschluss stehen, doch ich bin mir absolut sicher, dass sie diese auch noch geklärt hätten. Nun bekommt der Geschäftspartner all die Wut ab und wir klären die Probleme innerhalb weniger Sekunden.

Während Tizian die Leute noch zu ihrem Auto begleitet, bleibe ich mit Adam sitzen. »Er hat euch gesagt, dass ich kommen soll, oder?« Adam zieht an seiner Zigarette. »Ich würde sagen, wir haben es zusammen beschlossen. Die Sache mit Avalyn geht dir näher, als es gut ist. Du solltest die Finger davon lassen und da du das nicht zu tun scheinst, haben wir dich einfach ein wenig beschäftigt.«

Auch ich zünde mir eine Zigarette an.

»Und seit wann entscheidet ihr so etwas? Ich muss mich auf dich verlassen können, Adam, nicht mein Onkel.«

Mein bester Freund sieht mir in die Augen. »Das weiß ich, aber gerade kannst du nicht klar denken. Diese Sache ist zu heiß, nimm Abstand und lass die Dinge ihren Lauf nehmen, oder willst du mir sagen, dass du auf einmal eine Freundin willst? Wenn nicht, dann halte dich fern, vielleicht siehst du das jetzt nicht so, aber irgendwann wirst du uns dafür dankbar sein. Wir fahren nach oben und gehen schlafen und morgen Mittag nehmen wir den Flieger und kümmern uns wieder um die Dinge, die wirklich von Bedeutung sind. Denkst du nicht?«

Erst jetzt spüre ich, wie angespannt ich bin.

Ich weiß, dass er recht hat, auch der Blick, den mein kleiner Bruder mir schenkt, sagt mir, dass auch er weiß, dass Adam recht hat und doch fühlt es sich nicht gut an. Ich knacke meine Schultern und bestelle mir ein Glas Scotch. »Du hast recht, lass uns das hier alles beenden und verschwinden!«

Adam nickt und ich schließe einen Moment die Augen, vertreibe Avalyn, ihr Lächeln und ihre zarten Lippen aus meinen

Gedanken und bestelle mir direkt ein zweites Glas, nachdem ich das erste geleert habe.

Es dauert, bis wir wieder oben an der Burg sind, es ist bereits dunkel und im Grunde will ich wirklich nichts anderes als schlafen gehen. Ich habe zu viel getrunken und sollte mich zurückziehen. Aus dem Essenssaal hören wir Lachen und Stimmen, Adam deutet mir zu kommen, doch ich grinse nur frech und hebe die Hände. »Ich will nur höflich sein und hallo sagen, mehr nicht.« Adam will nach meinem Arm greifen, doch da bin ich schon zu weit weg und betrete den Raum.

Augenblicklich verstummen die Gespräche und ich halte einen Moment ein. Adam und Tizian sind hinter mir, wahrscheinlich, um mich schlimmstenfalls aus dem Raum zu ziehen, doch das wird nicht nötig sein.

Mein Blick gleitet zu der gedeckten Tafel, am Ende des Tisches thront mein Onkel, dessen warnender Blick auf mir liegt. Daneben sitzen alle drei Contis, der Vater, der jüngere Sohn und, genauso schmierig wie die anderen beiden, Antonio, der sich offensichtlich gerade mit Avalyn unterhalten hat.

Auf der anderen Seite sitzen Remo und zwei unserer Männer, sie alle haben gefüllte Teller und Weingläser vor sich. Als ich eintrete, verstummen die Gespräche und die Contis stehen auf. »Leano, wir hatten uns schon gewundert, wo du bist.« Auch mein Onkel und die anderen stehen respektvoll auf, alle bis auf Avalyn, die als Einzige auf ihrem Stuhl sitzenbleibt und mir mit hochgezogenen Augenbrauen entgegensieht.

»Ich habe etwas zu tun, aber ich wollte kurz hallo sagen.« Ich sehe den Respekt in den Augen der Contis. Sie bilden die

Regierung Italiens und halten uns Ärger vom Hals, dafür lassen wir sie an der Macht und ihren Reichtum genießen, es ist ein Geben und Nehmen, doch am Ende hätten wir die Macht, sie zu Fall zu bringen. Keiner will das, mein Onkel denkt, mit dieser Hochzeit wird es einfacher, da wir so verbunden sind.

Alle Männer tragen Anzüge, da passen Adam, Tizian und ich in unseren Sportklamotten nicht dazu, trotzdem gehen wir zum Tisch und mein Blick gleitet über Avalyn.

Herrgott, wenn ich sie so ansehe ... Sie ist immer ein Blickfang, sie ist wunderschön mit ihren Locken, den großen braunen Augen, der hellen Haut und dieser Figur, doch gerade trägt sie ein smaragdgrünes enganliegendes Kleid. Der Ausschnitt ist herzförmig und ihre Brüste werden hochgedrückt. Ich kenne ihre Brüste und alles in mir regt sich wieder, das Kleid unterstreicht ihre Figur und ihre cremige Haut. Sie hat ihre Haare in einem strengen Zopf nach hinten gebunden und ihr wunderschönes Gesicht ... Ihre Augen funkeln mich leicht amüsiert an, mein Onkel deutet ihr, auch aufzustehen, doch ich hebe die Hand und sage ihr, sie soll sitzenbleiben. Vermutlich zeigt das, dass sie und ich ein ganz anderes Verhältnis haben, ich weiß es nicht. Es ist mir auch egal, am liebsten würde ich sie jetzt in diesem Moment vor allen mit zu mir nehmen ... Die Worte schleichen sich in meinen Kopf und ich streiche sie sofort wieder weg.

»Es ist uns eine Ehre, dass du dir die Zeit nimmst ...« Der Vater, Antonio und der Bruder reichen mir die Hand, mein Onkel und unsere Männer nicken mir zu und Avalyn hat noch immer den Kopf schiefgelegt.

180

»Setz dich doch zu uns. Wir haben von deinen Geschäften mit Amerika gehört, ich würde gerne mehr davon erfahren.« Nachdem ich den dreien die Hand gegeben habe, greife ich nach Avalyns Hand und ein Schmunzeln überkommt mich bei ihrem überraschten Gesichtsausdruck.

»Ich muss leider gleich wieder los, ich wollte wie gesagt nur hallo sagen und sehen, ob ihr unsere … Prinzessin auch gut behandelt.« Ich höre, wie mein Onkel sich räuspert. Avalyn lacht leise. »Bist du betrunken?« Sie flüstert mir die Worte leise zu und ich küsse ihre Hand. »Noch nicht genug.« Ich gebe ihre Hand frei und blicke in Antonios Augen, die dunkel auf Avalyn liegen. »Das tun wir. Ich bin ganz … überrascht. Das hatte ich nicht erwartet. Sie erzählt mir gerade von ihrer Zeit im Kloster und was sie aus dieser Zeit alles mitgenommen hat. Es ist äußerst selten, dass eine Frau noch solch eine reine See-le hat.«

Ich würde am liebsten laut loslachen, vor wenigen Stunden lag sie stöhnend unter mir und es gibt nichts, was ich gerade lieber tun würde, ich sehe, wie Avalyns Wangen sich ein wenig rot färben. Antonios Blick aber lässt mich verstummen. Ich erkenne den gleichen Hunger, den ich verspüre, in seinem Blick, er will Avalyn, dafür muss ich nicht einmal nüchtern sein, um das zu erkennen, doch gerade als ich ansetzen will, etwas zu sagen, legt sich ein Arm um mich und zieht mich ein wenig weg.

Adam und Tizian haben auch alle begrüßt und nun zieht mein jüngerer Bruder mich mit sich.

»Na dann lernt euch weiter kennen, wir haben noch zu tun. Ich bin mir sicher, dass wir uns die nächste Zeit öfter sehen werden.«

Nur weil ich noch klar genug denken kann, und weiß, dass es das Beste ist, lasse ich es zu, dass mein Bruder und mein bester Freund mich mit hinausnehmen. »Alter, ich dachte, ich kenne dich, doch die letzten Tage … es wird Zeit, dass du Abstand gewinnst.« Tizian schüttelt den Kopf. Er bringt mich in meinen Wohnbereich und ich lasse mich müde auf das Bett fallen.

»Schlaf deinen Rausch aus, morgen Mittag geht unser Flug. Vertrau mir ein paar Tage und dann kannst du wieder klar denken.« Ich schließe die Augen und atme tief durch, als sich alles um mich herum in Dunkelheit hüllt.

Ich hoffe es, ich hoffe es wirklich.

Ein Klopfen lässt mich hochfahren. Ich murre etwas wie komm rein und erkenne auf dem Handy, dass es tief in der Nacht ist. Eigentlich muss ich mich nicht einmal aufsetzen, ich spüre, dass sie es ist, also bleibe ich liegen und lasse meine Augen geschlossen. Das Bett neben mir sackt leicht ein und ihr süßer Duft dringt zu mir.

»Du wirst mir dafür noch dankbar sein.« Bei ihren Worten öffne ich die Augen und setze mich auf. Sie hat ein Glas Wasser in der Hand und eine Packung Kopfschmerztabletten, hält mir eine Tablette hin und das Glas Wasser. Das werde ich wahrscheinlich. Ich nehme die Tablette und spüle sie herunter, dann gleitet mein Blick über sie. Sie hat mittlerweile wieder nur ein Nachthemd an, ist ungeschminkt und ihre Locken sind zu einem unordentlichen Knoten nach oben gebunden, doch genau wie vorhin ist sie immer noch bezaubernd, so gefällt sie mir fast noch mehr.

»Was denkt wohl Antonio über seine heilige Klosterschülerin, wenn er wüsste, wo du gerade steckst?« Ich kann mir den Kommentar nicht verkneifen, doch sie scheint es nicht einmal zu treffen, wie ich es insgeheim gehofft hatte.

»Ich kann nicht schlafen.« Ich will ihr erklären, dass sie dann nicht immer zu mir kommen kann, das wird in Zukunft nicht mehr gehen, doch sie rutscht näher zu mir. »Ich weiß nicht wieso, aber ich habe das Gefühl, dass sich ab Morgen alles ändert, dass das hier vielleicht die letzte Nacht ist, in der ich tun kann, was ich will.«

Ich stelle das Glas weg und lehne mich zurück an das Bettgestell. »Tatsächlich. So schnell geht das alles nicht, keine Angst. Aber selbst wenn das die letzte Nacht ist, was würdest du tun wollen?« Mein Blick gleitet über ihr Nachthemd, sie beißt sich auf die Lippe und kommt zu mir. Dann überrascht sie mich ein weiteres Mal, als sie sich an mich schmiegt und in meine Arme kuschelt.

Diese Frau bringt mich noch um den Verstand.

Fast von allein lege ich meine Arme um sie, spüre ihren Atem an meiner Schulter und schließe wieder die Augen. Ehrlicherweise beruhigt es auch mich, sie hier bei mir zu haben. Ich schließe die Augen und bin schon fast wieder am Einschlafen, da spüre ich ihre Lippen an meiner Schulter, dann an meinem Hals. »Ich will dich, Leano.« Ihre Stimme kitzelt mein

Ohr. »Ich will dich noch ein letztes Mal ganz spüren, weil es das Beste und Echteste ist, was ich je gefühlt habe.«

Sie hört nicht auf, mich zu küssen, gleitet über meine Brust zu meinem Bauchnabel und dann kommt auch ihre Zunge mit ins Spiel. Avalyn lässt sich viel Zeit und ich dränge sie nicht, denn ihre Worte sind wahr. Das hier ist das Beste und Ehrlichste, was auch ich je hatte.

Sie zieht mir die Boxershorts und Hose aus und ich greife in ihre Haare, als sie meine Erregung mit den Lippen umfasst und mich zu verwöhnen beginnt.

Verdammt. Ich lehne meinen Kopf zurück, bin dabei, mich ganz zu verlieren in dem Gefühl ihrer süßen Lippen, bis sie sich auf mich setzt und mich in sich aufnimmt.

Wir beide stöhnen auf und sehen uns in die Augen.

Und egal, was sie sagt und wie die Tatsachen liegen, ich kann mir nicht vorstellen, dass das hier das letzte Mal ist, dass ich sie bei mir habe. Ich will es mir nicht vorstellen, küsse sie und genieße es, wie sie beginnt, sich auf mir zu bewegen.

Avalyn

Wieder spüre ich starke Arme um mich und muss lächeln. Doch dieses Mal habe ich nicht geschlafen, ich lag die ganze Zeit wach, nachdem Leano und ich uns genossen haben.

Es war anders, langsamer, zärtlicher, genussvoller und so sollte es sein.

Ich wusste, dass es das letzte Mal sein wird, dass ich ihn spüre, ich konnte einfach nicht genug davon bekommen und auch jetzt will ich nicht gehen, doch ich muss.

Ich werde dieses Gefühl, in seinen Armen zu liegen, sein Lächeln und seine dunklen Augen niemals vergessen.

Ich kenne Leano Da Luca erst ein paar Tage und doch hat er es geschafft, mich dazu zu bringen, ihn im Schlaf anzusehen und mir zu wünschen, nicht gehen zu müssen.

Ich löse seine Arme, er schläft tief und fest und merkt nichts davon.

Mein Blick gleitet zu dem Glas Wasser und den Tabletten. Noch einmal sehe ich in sein Gesicht, präge mir alles genau ein und suche den Boden und die Kommoden ab und finde, was ich gesucht habe.

Bevor ich gehe, atme ich durch und sehe zu Leano.

»Es tut mir leid.«

Das tut es wirklich, doch keiner von uns kann etwas daran ändern.

Mit diesen Worten gehe ich mit schnellen Schritten aus dem Wohnbereich hinüber in mein Zimmer. Mein schlechtes Gewissen droht mich zu erdrücken, egal wie oft ich mir sage, dass es sein muss, ich kann kaum atmen.

Alles was ich jetzt tue, habe ich in meinen Gedanken immer wieder durchgespielt, es muss funktionieren. Es geht gar nicht anders. Ich springe unter die Dusche, ziehe mir eine schwarze Hose und ein rotes Top an, schminke mich etwas stärker und lasse meine Haare offen.

Als ich danach zum Essenssaal gehen will, kommt mir Adam entgegen. Mein Herz beginnt zu rasen und ich versuche, so gelassen wie möglich zu wirken.

»Hey, du Hübsche, hast du Leano gesehen?« Leanos bester Freund und auch sein jüngerer Bruder haben mitbekommen, dass zwischen uns etwas … war … ist … ich könnte es nicht einmal richtig benennen und doch wissen sie Bescheid.

»Oh, der … ist erst vor Kurzem eingeschlafen, ich … wir haben uns gestern … ich würde ihn noch schlafen lassen.«

Adam sieht mir in die Augen und schüttelt leicht den Kopf.

»Das habe ich mir schon fast gedacht. Dann soll er sich ausschlafen bis wir losmüssen. Ich rufe die Männer zusammen, dass sie mir helfen, den Flieger mit Ware zu füllen. Wenn er nachfragt, sag ihm, wir sind schon am Flughafen und er soll dann direkt dahin kommen.«

Mehr als ein Nicken kann ich ihm nicht schenken. Es fühlt sich miserabel an, die Männer, die sich die letzten Tage so gut um mich gekümmert haben, anzulügen, doch ich muss es tun. Ich hebe noch einmal die Hand und gehe in den Essenssaal, in dem wir auch gestern zusammen gesessen und gegessen haben.

Es war nett.

Antonio ist ein netter Mann, anders kann man es nicht sagen. Er und der Rest seiner Familie sind sehr höflich. Sie haben sich fast den ganzen Abend über irgendwelche Vereinbarungen und Geschäfte mit Vito unterhalten, doch hin und wieder haben Antonio und ich auch Zeit gefunden, uns zu unterhalten.

Die Tatsache, dass ich im Kloster war, scheint ihn zu faszinieren, er hat kaum mehr von etwas anderem gesprochen. Wahrscheinlich denkt er, ich bin eine kleine heilige Jungfrau, die er sich zur Frau nehmen kann.

Gestern habe ich alles getan, um ihn das glauben zu lassen. Nur ein leichtes Lächeln, ihm aufmerksam zugehört, bei jedem Kompliment den Blick verlegen gesenkt, ich habe ihm das Bild gegeben, das er sehen wollte.

Der einzige Moment, in dem ich meine Fassade nicht aufrechterhalten konnte, war, als Leano hereingekommen ist. Angetrunken, noch immer in seinen Sportklamotten und trotzdem konnte ich nicht einmal meinen Blick von ihm nehmen.

Er hat alles in den Schatten gestellt. Sobald er eingetreten war, haben alle anderen Menschen im Raum an Bedeutung verloren und da habe ich das erste Mal begriffen, was wirkliche Macht ist.

Ich weiß nicht, ob es allen hier bewusst ist, doch selbst Vito wirkt neben seinem Neffen nicht mehr so mächtig wie üblich. Leano hat nichts gesagt, doch ich habe gespürt, dass es ihm nicht passt, mich dort am Tisch zu sehen und er hat recht, ich habe dort nichts zu suchen und doch setze ich mich nun wieder lächelnd an den Tisch, an dem sich Vito, Antonio und sein Vater zum Frühstück versammelt haben.

Sie alle begrüßen mich, Antonio reicht mir die Hand und gibt mir genau wie Leano gestern einen Kuss auf den Handrücken, auch wenn es sich nicht so anfühlt. Beide Contis haben streng nach hinten gekämmte braune Haare und hellbraune Augen. Sie haben eine gewisse Ähnlichkeit, auch wenn Antonio noch wesentlich schlanker als sein Vater ist.

»Vito, ich muss schon sagen, ich bin schwer beeindruckt von deiner Tochter. Sie ist bezaubernd.« Vitos Blick liegt stolz auf mir, fast wie der eines Vaters, wir beide kennen ja die

Wahrheit und doch fühlt es sich einen Moment sogar gut an, diesen Blick auf sich zu spüren.

Als ich kleiner war, hatte ich immer die Hoffnung, dass beim nächsten Mal, wenn Vito mich besuchen kommt, er mich mitnimmt, er es sich doch anders überlegt und ich auch, wie die meisten Kinder im Heim, endlich eine Familie bekomme. Doch je älter ich wurde, desto deutlicher kam die Erkenntnis, dass das nie so kommen wird.

Wie auch schon gestern spiele ich die ruhige schüchterne Tochter. Ich esse mein Frühstück, während die Männer sich weiter über irgendwelche Abkommen in Übersee unterhalten. Antonio sitzt neben mir, hin und wieder berühren sich ganz zufällig unsere Arme, doch erst als Vito und sein Vater auf die Terrasse gehen und eine rauchen, wendet er sich ganz an mich.

»Ich musste gestern die ganze Nacht darüber nachdenken, was für ein Glück ich habe. Versteh mich nicht falsch, aber mein Vater hat mir von dem Gespräch und dem Abkommen mit Vito erzählt und ich dachte ... ich dachte, da muss ja ein Haken sein. Um ehrlich zu sein habe ich schon mit dem Schlimmsten gerechnet ... und dann ... sieh dich an. Ich bin noch ganz sprachlos.«

Er rückt näher und statt wegzuweichen folge ich seinem Beispiel und sehe ihm in die Augen.

»Das stimmt, mir geht es so ähnlich. Ich meine klar, ein erstes Treffen hätte ich mir auch anders vorgestellt aber ...«

Antonio greift nach meiner Hand und umfasst sie. »Das stimmt, es muss ja dein erstes richtiges Date sein, was würdest du dir wünschen? Haben dir die Blumen, die ich dir gestern mitgebracht habe, gefallen?«

Ich nicke und sehe zu den beiden Männern auf der Terrasse.

»Ja, sie sind wunderschön. Es ist alles gut, ich dachte nur, dass wir beide vielleicht etwas mehr Zeit für uns haben, vielleicht irgendwo, wo uns keine hundert Augenpaare verfolgen, halt ganz normal in einem tollen Restaurant. Ich war noch nie in einem Restaurant. Aber das hier ist auch in Ordnung.«

Antonio lächelt, mein Blick gleitet zu seiner Wange, um nachzusehen, ob sich ein Grübchen bildet, doch das tut es natürlich nicht und ein Nagen in meinem Bauch beginnt, das ich vorher noch nie gespürt habe. Er nimmt meine Hand an seine Lippen und gibt gleich drei Küsse darauf.

»Ich werde versuchen, dir jeden Wunsch zu erfüllen. Dein Vater mag mich, er vertraut mir. In der nächsten Stadt soll es ein sehr gutes Restaurant geben und auch eine Parkanlage, die beeindruckend ist. Ich bin mir sicher, wir können den ganzen Augen für ein paar Stunden entwischen. Gewöhn dich daran, dass ich ab jetzt da bin, um dir deine Wünsche alle zu erfüllen.«

Mit diesen Worten küsst er ein weiteres Mal meinen Handrücken und geht hinaus auf die Terrasse.

Ein Lächeln schleicht sich auf meine Lippen, während ich mit einem Tuch seinen Kuss wegwische.

Das werde ich garantiert nicht tun.

Leano

Ein Surren weckt mich auf.

Sobald ich mich aufgesetzt habe, bereue ich es sofort wieder. Mein Kopf dröhnt. Ich hatte schon öfter einen Kater, doch das ist heute das erste Mal, dass ich mich so erschlagen fühle.

Müde greife ich neben mich, sie ist weg. Natürlich, was habe ich erwartet? Ich schaffe es endlich, meine Augen zu öffnen und bemerke, dass es vollkommen hell in meinem Schlafzimmer ist. Wie kann ich all das nicht mitbekommen haben? Ich schlafe niemals so fest.

Im selben Moment, als ich diesen Gedanken fasse, geht die Tür auf. »Okay, das reicht, Adam reißt mir den Arsch auf, wenn ich dich jetzt nicht mitnehme. Der ist eh schon angepisst, weil ich ihn heute Morgen hab allein fahren lassen, da ich mich nicht bewegen konnte, so viel haben wir getrunken.«

Mein Bruder sieht zu mir und lacht. »Hast du noch weiter getrunken, oder verträgst du mittlerweile noch weniger als ich? Du siehst aus, als könntest du noch eine Ladung Schlaf gebrauchen, dabei hattest du mehr als genug. Geh doch mal an dein Handy.« Ich greife nach meinem Handy auf dem Nachttisch und bereue es sofort, mich zu schnell bewegt zu haben.

Es ist mittags und ich habe unzählige Anrufe und Nachrichten. Ich höre mein Handy immer. Ich sehe nach, es wurde auf Vibrieren gestellt … Was?

Jetzt bin ich wach. Was zur Hölle …? Ich stehe auf und sehe zu dem Glas Wasser, zu meiner Kommode, auf der meine Waffe fehlt und fluche laut auf. »Wo ist Avalyn? Verfluchte Scheiße.« Ich ziehe mir die Shorts von gestern über und merke, dass mein Bündel Bargeld fehlt. Tizian tippt weiter etwas auf seinem Handy. »Komm endlich klar, Leano, sie ist schon einen Schritt weiter, also zieh dich an, wir …« Ich gehe zu meinem Schrank und reiße mir ein Shirt heraus. »Wo zur Hölle ist sie?« Ich schreie meinen Bruder so laut an, dass er verwundert von seinem Handy aufsieht, da meldet sich mein Kopf wieder und mein Blick gleitet zu der Packung Kopfschmerztabletten. Sie war gestern die Tabletten für sich holen.

»Gibt es in unserer Hausapotheke Schlafmittel?« Tizian steckt sein Handy weg und sieht mich an, als wäre ich dabei, den Verstand zu verlieren und das bin ich auch. Das hat sie nicht getan …

»Wahrscheinlich, du weißt, dass Vito oft nicht gut schläft. Avalyn ist schon vor einer ganzen Weile mit ihrem zukünftigen Mann in die nächste Stadt gefahren, um dort essen zu gehen und sich besser kennenzulernen, also solltest du ...«

Verflucht, ich schließe einen Moment die Augen.

Avalyn, was hast du getan? Sie ist eine unschuldige Gefangene, das würde ich niemals leugnen, doch in meiner Verwirrtheit über all diese Gefühle, die sie in mir ausgelöst hat, habe ich das Wichtigste vergessen: Sie ist auch eine Salva. Ich hätte sie niemals unterschätzen dürfen.

»Kannst du mir verraten, was los ist?« Ich gehe mit schnellen Schritten an meinem Bruder vorbei und nehme ihm seine Waffe weg.

»Wir müssen in die Stadt, ruf Adam an und sag ihm, er soll den Flug verschieben.« Tizian holt mich ein. »Nein, wir werden jetzt nicht wieder durchdrehen und die beiden stören, das hatten wir gestern schon, was willst du mit meiner Waffe?«

Ich steuere direkt Vitos Büro an. »Avalyn hat meine genommen!« Tizians Augen werden größer, er weiß, dass ich niemanden an meine Waffe lasse, natürlich nicht und sie ... Ich vertraue Menschen nie, das hätte nicht passieren dürfen. Ich war unvorsichtig. So etwas ist mir noch nie passiert.

Ohne zu klopfen gehe ich in Vitos Büro, der gerade ein Telefonat beendet. »Leano, gut dass du da bist. Kannst du die Pakete aus dem Lager ...?« Ich unterbreche ihn. »Wer ist mit Avalyn in der anderen Stadt?« Vito sieht mich verärgert an. »Leano, es reicht, du sollst dich um ...« Ich unterbreche ihn wieder. »Wer?« Er schüttelt den Kopf. »Die meisten Männer helfen Adam, ich habe Toni und Alessio mitgeschickt.«

Ohne noch etwas zu sagen, schnappe ich mir seine Autoschlüssel von dem Haken, an dem seine Schlüssel immer hängen und gehe mit schnellen Schritten zu einem seiner Wagen. Tizian hat unserem Onkel alles erklärt und kommt hinter mir hergerannt. Sobald er sitzt, gebe ich Gas. Er soll Toni und Alessio anrufen. Mein ungutes Bauchgefühl nimmt immer weiter zu, doch die beiden gehen entspannt ran.

Sie sagen, dass Avalyn und Antonio lange spazieren waren. Bevor sie essen wollten, haben sie sich für eine Weile in einen der Räume, die es oberhalb des Restaurants zu mieten gibt, zurückgezogen.

Ich befehle ihnen, in den Raum zu gehen.

Erst zögern sie, weil sie die Anweisung haben, dass sie sich ungestört kennenlernen wollen, doch als ich ihnen noch einmal sage, dass sie es tun sollen, hören sie.

Ich fahre noch schneller, als ich höre, wie sie klopfen und keiner reagiert.

Mein Herz beginnt zu rasen, als sie die Tür öffnen wollen, Tizian und ich hören angespannt über den Lautsprecher mit. Sie bekommen die Tür nicht auf, es wurde etwas davorgeschoben.

Es dauert, bis sie es zu zweit geschafft haben, die Kommode, die vor die Tür geschoben wurde, zu Fall zu bekommen, dann hören wir ihre Stimmen, noch eine Stimme und dann kommen sie wieder ans Handy.

»Antonio liegt am Boden, er war bewusstlos, er scheint einen Schlag mit etwas Hartem an den Hinterkopf bekommen zu haben. Er hat dort eine blutige Wunde. Er weiß nicht, wie lange er bewusstlos war …« Ich fluche laut auf und höre, wie einer der Männer weiter sucht und nach Avalyn ruft.

»Wie lange waren die beiden da oben?«

Alessio räuspert sich. »Ich weiß nicht genau, zwei Stunden bestimmt, ich meine, wir dachten …«

Ich atme aus, als Toni zu hören ist und schließe einen Moment die Augen, während dieses Mal Tizian ein lauter Fluch entgleitet.

»Sie ist weg, Leano. Avalyn ist weg!«

Avalyn

Ich ziehe meine Strickjacke enger um mich und schiebe die Hände in die Taschen, während ich durch die schmale Gasse gehe, die mich zu dem Club führt.

Es ist eine dieser Nächte, in denen die Dunkelheit alles verschluckt, die Geräusche, die Lichter, die Menschen. Die Stadt liegt ruhig da, als wäre sie müde von all den Geheimnissen, die sie in sich trägt. Ich lasse mich davon treiben, dankbar, meine eigenen Sorgen ein wenig beiseitezuschieben, den Blick fest auf den Boden gerichtet, während meine Schritte im Rhythmus des nächtlichen Lebens widerhallen, der sich in der kleinen Straße wiederfindet, die ich nun betrete. Im Gegensatz zum Rest der Stadt ist es hier alles andere als ruhig.

Vor dem Club angekommen, lasse ich meinen Blick über die wartende Menge gleiten. Bunte Lichter schimmern durch die offenen Türen, und der Bass der Musik vibriert in der Luft. Meine Augen suchen alles nach Zita ab, doch noch kann ich sie nirgendwo entdecken. Es ist riskant, all das hier, doch so war es immer ausgemacht.

Es hat gedauert, bis ich es mit mehreren Bussen und viel Laufen hierhergeschafft habe. Sobald ich weggelaufen und einigermaßen sicher war, habe ich im Kloster angerufen, was gar nicht so einfach war, da es nur ein Telefon dort gibt und es einige Zeit gedauert hat, bis die Schwester drangegangen ist. Ich habe meine Stimme verstellt und so getan, als würde ich beim Gericht arbeiten, das Zita damals zu uns gesteckt hat. Zwanzig Minuten später habe ich wieder angerufen und konnte sie endlich sprechen.

Wir mussten schnell machen, ich habe ihr erklärt, dass ich abhauen konnte und dass wir unseren Plan jetzt umsetzen müssen, wir haben keine andere Wahl. Es würde zu lange dauern, bis ich zurück beim Kloster wäre, um mich wie geplant dort im Wald mit ihr zu treffen, deshalb habe ich ihr den Namen dieses Clubs auf der Hälfte des Weges gegeben und ihr gesagt, sie soll in dieser Nacht noch los. Wir beide haben ungefähr denselben Weg zurückzulegen, geschlafen habe ich in den Bussen. Heute früh habe ich die Stadt erreicht, mir ein Zimmer in einer kleinen Pension genommen und gewartet. Mit dem Geld von Leano komme ich noch ein paar Tage über die Runden und konnte mir davon auch etwas zum Anziehen kaufen.

Sobald meine Gedanken zu ihm wandern, konzentriere ich mich wieder auf den Ort hier und reihe mich in die wartende

Schlange. Vor mir stehen zwei Frauen und drei Männer, sie lachen und haben unbeschwert ihren Spaß.

Meine Flucht hat mich aufatmen lassen. Es ist ja nicht einmal so, als hätte ich eine Wahl, entweder das hier oder ein Leben, was ich nicht will. Ich habe mich jetzt vierundzwanzig Jahre an die Spielregeln der anderen gehalten, es wird Zeit, dass ich meine eigenen aufstelle.

Trotzdem hallt Leanos Name in meinem Kopf wie ein alter Song, den man nicht loswird. Ich wollte das nicht tun, nicht mit ihm, doch genau wie er mich angezogen hat, scheine ich das auch bei ihm ausgelöst zu haben und somit war er der Einzige, der mich dabei hätte erwischen können. Vielleicht versteht er es irgendwann. Vielleicht wird er diese Zeit, die wir zusammen hatten, genau wie ich tief in seinem Herzen aufbewahren und das, was ich als Letztes getan habe, vergessen können. Vielleicht versteht er irgendwo tief in sich sogar, wieso ich es getan habe.

In der letzten Nacht, bevor meine Flucht begann, habe ich ihm immer wieder in die Augen gesehen und die Schwere all meiner Entscheidungen gespürt. Gäbe es eine andere Alternative, wäre ich vielleicht sogar bei ihm geblieben, doch diese Alternative gab es nie, ich hätte so oder so von ihm gehen müssen und hiermit habe ich wenigstens selbst entschieden wie. Aber die Schuld, so gegangen zu sein und zu wissen, wie er aufgewacht sein muss, nagt an mir.

»Hey, du da, komm her. Single-Frauen haben heute Nacht freien Eintritt, du kannst durch. Heute ist Ladies Night.« Der

Türsteher winkt mich zu sich und hält mir lächelnd die Absperrung auf. Das läuft ja besser als gedacht.

Der Bass des Clubs dröhnt so laut um meinen Körper, dass ich einen Moment einhalte. Auch wenn ich endlich frei bin, bin ich erschöpft. Einen Moment gewöhne ich meine Ohren an die Lautstärke und meinen Körper an den Bass, bevor ich mir durch die Menschenmenge meinen Weg bahne und wie verabredet zur Bar gehe.

Hier ist es zum Glück leer, ich bin nicht einmal passend angezogen, trage nur ein normales Sommerkleid und eine Strickjacke, die ich mir jetzt ausziehe und auf meinen Schoß lege. »Was kann ich dir bringen, Süße?« Eine Barfrau lächelt mich an, ich deute auf einen bunten Cocktail mit Erdbeeren, die hier alle groß hinter der Theke abgebildet sind und sie nickt.

Am liebsten würde ich mich umsehen, doch ich will es auch nicht riskieren, zu viel falsche Aufmerksamkeit zu bekommen. Seit ich geflohen bin, habe ich das Gefühl, jemand beobachtet mich, was unsinnig ist, ich hatte sicherlich mehrere Stunden Vorsprung, bevor überhaupt jemand gemerkt hat, dass ich weg bin.

Zum Glück dauert es nicht lange und ich bekomme den bunten Cocktail, von dem ich gleich mehrere große Schlucke trinke. Erschöpft schließe ich die Augen und wieder erscheinen Leanos dunkle Augen vor mir, sie sehen mich liebevoll an, wir sind unter dem Wasserfall und …

»Darf ich?«, unterbricht eine fremde Stimme meine Gedanken. Ich öffne die Augen und sehe einen Mann neben mir, der sich lässig an die Wand neben mich lehnt. Er lächelt mich an, als wäre es selbstverständlich, dass ich ihm Aufmerksamkeit schenken werde.

Mehr als ein Schulterzucken bekommt er nicht als Antwort, doch das scheint ihm zu genügen. Er setzt sich auf den Barhocker neben mir und wendet sich mir ganz zu. »Ich kenne dich doch von irgendwoher, oder? Darf ich dir noch einen Drink ausgeben? Hast du keine Lust zu tanzen?«

Mein Blick gleitet kühl über ihn. Vor wenigen Wochen im Club hätte ich seine Aufmerksamkeit zu schätzen gewusst, er ist attraktiv, doch jetzt spiele ich mit dem kleinen bunten Schirm im Drink. »Nein, danke.« Er lässt sich jedoch nicht so leicht abwimmeln und rutscht noch näher zu mir. »Komm schon, du siehst aus, als könntest du etwas Spaß gebrauchen und den können wir haben, das verspreche ich dir.«

Was ist nur geschehen, dass mich allein der Gedanke daran jetzt anwidert? Erneut sehe ich Leano vor mir, sein schlafendes Gesicht, als ich gegangen bin und atme tief durch, versuche ruhig zu bleiben, obwohl mein Inneres bereits rebelliert. »Ich habe gesagt, nein. Geh bitte, oder lass mich in Ruhe.« Er hebt die Hände in einer gespielten Geste der Kapitulation und macht einen halben Schritt zurück, so kalt sind die Worte über meine Lippen gekommen. »Okay, okay, kein Stress. Vielleicht ein anderes Mal.«

Kaum ist er verschwunden, spüre ich wieder etwas mehr Ruhe in mir. Ich habe keinen Nerv für solche Spiele. Nicht heute. Nicht nach allem, was geschehen ist. Meine Gedanken schweifen erneut zu Leano. Wird er jemals verstehen, warum ich gehen musste? Ich bezweifle es. Wenn es nach ihm gegangen wäre, wäre ich ins Kloster zurück und hätte ein paar weitere Jahre damit verbracht zu warten, bis eine passende Lösung für mich gefunden wird.

Keiner kann mir sagen, woran das liegt, wieso genau ich nicht einfach frei leben kann, sie beantworten mir meine Fragen nie ganz, es liegt immer etwas zwischen uns, was mir keiner erklären kann, doch ab jetzt ist es mir egal. Ich will keine Erklärungen mehr, es hat keine Bedeutung, was in meiner Vergangenheit geschehen ist, ab hier und jetzt zählt nur noch meine Zukunft.

Bevor ich noch ganz von meinen düsteren Gedanken verschluckt werde, höre ich eine vertraute Stimme. »Avalyn!«

Zita taucht aus der Menge auf, ihr Gesicht strahlt vor Freude. Auch ich kann nicht anders, als erleichtert auszuatmen und zu lächeln. Sie hat es geschafft, wir haben es geschafft.

Ich stehe auf und schließe sie in meine Arme. Für einen Moment ist alles Schwere und Bedrückende, was auf mir liegt, vergessen. In Zitas Umarmung fühle ich mich sicher, als wären all die Sorgen der vergangenen Tage nichts weiter als ein schlechter Traum gewesen.

»Ich dachte schon, du schaffst es nicht.« Ich drücke Zita von mir und sehe ihr in ihr hübsches Gesicht. »Es war nicht so leicht, ich musste warten, bis alle schlafen und bin dann aus dem Kloster in die Stadt geflohen, dort ging aber kein Bus und ich musste weiterlaufen, erst da hatte ich Glück und habe einen Bus gefunden, der bis hierher gefahren ist. Ich habe den gesamten Weg verschlafen und bin direkt hergekommen ...«

204

Sie strahlt mich an, nimmt meine Hände in ihre und deutet mir, dass wir zusammen den Club verlassen. »Du hättest dir keine Sorgen machen müssen, du kennst mich doch, ich komme immer. Nur manchmal dauert es eben.« So langsam kriecht die Erleichterung in all meine Knochen. Wir lassen den Club hinter uns, die Musik, das Gedränge und tauchen wieder in die Dunkelheit der Nacht ab. Ich spüre, wie das Gefühl der Freiheit in mir aufsteigt, ein befreiendes Kribbeln, das sich über meinen ganzen Körper ausbreitet.

Jetzt kann ich es das erste Mal zulassen. Wir sind frei.

»Bist du bereit?« Zita scheint es genauso zu gehen. Ich schiebe ein letztes Mal Leanos dunkle Augen aus meinen Gedanken und lächle sie zurück an, bevor wir ganz in die Dunkelheit der Nacht eintauchen. »Das bin ich!«

Leano

Mit aufheulendem Motor fahre ich durch die Nacht, das Lenkrad fest umklammert. Die Straßen sind dunkel, die Lichter der letzten Stadt längst hinter mir, doch die Wut in mir brennt heller als jedes Licht.

Mein Herz rast, während meine Gedanken sich überschlagen.

Avalyn.

Ihr Name hallt in meinem Kopf wider, lauter als das Dröhnen des Motors. Dieselbe Kälte, die ich schon die ganze Zeit in mir spüre, seit ich von den Plänen meines Onkels erfahren habe, schwebt in meiner Brust, die mir die Luft abschnürt, je näher wir dem Kloster kommen.

Tief in mir weiß ich, dass es zu spät ist, doch ich weigere mich, es zu akzeptieren. Es darf nicht zu spät sein.

»Leano, vielleicht denkst du daran, dass wenn du weiter so rast, wir nicht in einem Stück am Kloster ankommen.« Tizian setzt sich hinter mir auf. Wir sind mit dem Jet hergeflogen, doch die letzten Kilometer müssen wir fahren, und da es mittlerweile tief in der Nacht ist, sieht man kaum noch etwas.

Meine Finger krampfen sich um das Lenkrad, die Knöchel weiß vor Anspannung. »Verdammt nochmal, Leano, fahr langsamer!« Das erste Mal meldet sich nun auch Adam neben mir, doch ich ignoriere auch ihn und trete das Gaspedal noch fester durch. Der Gedanke, dass sie weg ist, lässt mein Blut kochen. Ich hätte es mir denken können, ich hätte sie niemals mit diesem Nichtsnutz Antonio alleine gelassen.

Gleichzeitig hämmert diese andere Stimme in meinem Kopf. Vielleicht sollte ich sie einfach gehen lassen. Ich weiß, dass es wahrscheinlich das Beste ist – für sie, für mich. Aber ich kann nicht. Mein Magen verkrampft sich, die Bitterkeit der Erkenntnis legt sich über mich. Der Gedanke, dass sie wirklich fort ist, ohne dass ich bereit war, sie gehen zu lassen, treibt mich voran.

Das dumpfe Vibrieren meines Handys reißt mich kurz aus meinen Gedanken. Ein Blick aufs Display zeigt, dass es mein Onkel ist – wieder einmal. Ich drücke den Anruf weg. Es ist mir egal, dass er und die Contis wütend sind, dass sie Antworten verlangen. Das kann warten. Alles kann warten.

Natürlich lässt mein Onkel nicht locker und gleich nach meinem klingelt Adams Handy. Er sagt ihm, dass wir fast da sind. Er weiß, dass es seine Schuld ist, doch ich bin es, der das wieder in Ordnung bringt. Ich werde sie nicht gehen lassen, nicht so.

Als das Kloster schließlich in Sicht kommt, drossle ich abrupt die Geschwindigkeit und halte mit quietschenden Reifen vor dem Tor an. Die schweren jahrhundertealten Mauern des Klosters ragen drohend über uns hinaus. Als würden sie uns genau jetzt an all unsere Sünden erinnern wollen. Hinter uns halten weiteren Autos mit unseren Männern. Mit schnellen Schritten gehe ich auf das Tor zu, meine Faust hämmert gegen das alte Holz. Sekunden vergehen, dann Minuten, bevor eine müde aussehende Nonne die Tür öffnet. Ihr Gesicht ist blass vor Schreck, als sie mich entdeckt und meine Wut erkennt. »Wir müssen mit Zita sprechen! Ist Avalyn zurückgekehrt?« Im Grunde kenne ich die Antwort, doch ein Funken Hoffnung, dass sie zur Vernunft gekommen ist, glimmt trotzdem noch in mir.

»Zita? Sie schläft ... alle schlafen um diese Uhrzeit, Herr ...«, beginnt die Nonne zögerlich, aber ich höre nicht zu. »Sehen wir doch einmal nach. Wir haben seit gestern versucht anzurufen, doch niemand ging an das Telefon, so hätte dieser späte Besuch nicht stattfinden müssen.« Überrascht sagt die Nonne, die uns geöffnet hat, einer jungen Nonne, die auch zu ihnen stößt, dass sie im Büro nachsehen soll, was da los ist.

»Bringen Sie uns zu Zita!« Meine Stimme ist scharf und lässt keinen Widerspruch zu. Ich trete ein und zwinge sie so, zurückzuweichen und uns den Weg zu zeigen.

Die Nonne zögert noch einen Moment, möchte vielleicht widersprechen, doch die Wut in meinen Augen lässt sie schweigen. Schweigend führt sie uns durch die alten steinernen Gänge des Klosters, vorbei an geschlossenen Räumen und den stummen Schatten der Nacht. Die Wände wirken wie ein Labyrinth, überall gehen Gänge ab, die sich alle ähneln. Ich versuche noch, die Hoffnung zuzulassen, dass Zita noch da ist. Dass Avalyn sie nicht erreichen konnte und wir sie mit ihrer Hilfe finden können.

Endlich erreichen wir die Kammern, in denen die jungen Frauen schlafen. Die Nonne öffnet die Tür zu Zitas Kammer und erklärt, dass sie sich die Kammer mit Avalyn geteilt hat. Sie zündet mehrere Kerzen an und wendet sich zu uns um, doch da sehe auch ich, dass nur Kissen unter die Decke gesteckt sind. Sie ist weg!

Die Nonne geht in das Bad nebenan. »Das ... das ist unmöglich.« Mein Blick verengt sich, als im selben Moment die junge Nonne angerannt kommt. »Das Kabel des Telefons war gezogen, deswegen konnte niemand anrufen.« Im Grunde kenne ich die Antwort, doch trotzdem frage ich. »Wer war der letzte Anruf?« Nun begreift auch die Nonne, was hier passiert. »Es war für Zita, eine Frau vom Gericht ... das .. war wahrscheinlich nicht so. Sie wird den Stecker gezogen haben ... es tut mir leid, wir wissen, wir haben die Verantwortung für diese Frauen, doch das ... Sie war gestern noch beim Abendessen und im Rundgang um 22 Uhr habe ich sie auch noch gesehen, danach wird am Morgen das nächste Mal nachgesehen. Vielleicht ist sie noch im Kloster ...«

»Verdammt nochmal!«, unterbreche ich sie und alle Nonnen, die mittlerweile um uns herumstehen, bekreuzigen sich schnell. Mein Echo hallt durch die endlosen Gänge. Adam hinter mir zieht die Augenbrauen hoch und ich rufe alle Männer zu mir. »Sucht die Gänge hier ab, wendet jeden Stein, durchsucht den Wald drum herum und die nächste Stadt – überall! Sie können noch nicht weit sein!«

Die Schwestern blicken mich unsicher an, während die Männer sich verteilen. »Wir werden auch helfen.« Auch die Frauen verteilen sich und einen Moment bleibe ich in der Kammer, die Avalyn und Zita sich geteilt haben. Ich sehe auf das Bett, was schon längst abgezogen ist, auf die zwei kleinen Regale, diese schmale Pritsche, den kleinen Kleiderschrank und das riesige Kreuz, was als Einziges hier hängt.

Es muss schlimm gewesen sein, hier zu leben. Ich reibe mir müde über die Augen und hole tief Luft. Ich atme schwer, der Zorn in mir brodelt noch immer, doch unter all der Wut liegt etwas Tieferes, etwas Schmerzhafteres. Sie ist weg.

Ich greife nach dem Zettel in meiner Jeanstasche. Ich habe ihn auf meinem Nachttisch gefunden. Meine Finger streichen über das Papier.

'Es tut mir leid.'

Mir auch. All das, was sie bisher ertragen musste, all das, was sie erwartet, bei Gott, sie kennt ja noch nicht einmal die ganze Wahrheit. Es tut mir leid, dass sie mein Interesse so geweckt hat, dass ich sie nicht gehen lassen kann, dass sie meinem Onkel zu wichtig ist und dass, auch wenn ich weiß, dass es vielleicht besser ist, ich sie nicht gehen lassen kann und sie finden werde.

Avalyn

Der feine Sand rieselt durch meine Zehen, die ich im warmen Sand eingegraben habe.

Ich schließe die Augen, genieße die Wärme auf meinem Gesicht und den Wind, der um meinen Körper streicht. Er trägt den salzigen Duft des Meeres mit sich, während die Wellen leise und stetig gegen das Ufer rollen.

Es ist ein Gefühl, das ich noch niemals zuvor so klar und deutlich gespürt habe – Freiheit.

So lange habe ich diesen Moment herbeigesehnt, so oft haben Zita und ich davon gesprochen, und auch wenn ich diesen Moment genieße, hat es einen bitteren Beigeschmack, mit dem ich nicht gerechnet habe.

Seit meiner Flucht bin ich wütend auf mich. Musste ich mich auf Leano einlassen, hätte ich dem nicht widerstehen können? Dann würde ich das hier jetzt voll und ganz genießen können, hätte nicht ständig ihn im Kopf, seine Worte, sein Lächeln, seine Arme, die mich so fest gehalten haben, seinen Geruch.

Ich wusste nicht, dass man einen Menschen so vermissen kann, ich wollte nie, dass ein Mensch solch einen Platz in meinen Gedanken einnimmt, das war nie geplant und deswegen bin ich sauer und wütend.

Das war nie geplant.

Leano war nicht geplant.

Die Flucht liegt nun hinter uns, doch die Anstrengungen der letzten Tage sind noch frisch. Wir haben kaum geschlafen, waren immer in Bewegung, haben immer in Angst gelebt, entdeckt zu werden.

Untertauchen, weiterziehen, untertauchen. Gegessen haben wir nur schnell und das auch viel zu wenig, da wir das Geld brauchen.

Doch jetzt, in diesem Augenblick, an diesem Strand, scheint es, als hätten wir es geschafft. Wir haben das letzte Geld zusammengekratzt, um das Schnellboot zu bezahlen, das jeden Moment eintreffen müsste, um uns nach Kroatien zu bringen.

Dort wollen wir neu anfangen. Was heißt neu anfangen, überhaupt einmal anfangen zu leben. Unsere Namen ändern, uns Arbeit suchen, endlich irgendwo ankommen, ohne die Angst, überall entdeckt zu werden.

Ich habe die ganze Zeit das Gefühl, Vito, Leano und die anderen Männer kommen jeden Moment um die Ecke. Zita ist nun auf der Flucht vor der Justiz, ich weiß nicht, was besser ist, wir beide haben es kaum gewagt, zu atmen oder zur Ruhe zu kommen.

Ich öffne die Augen und mein Blick schweift hinaus aufs Meer, wo die Sonne im Begriff ist, langsam am Horizont zu verschwinden. Ein Neubeginn ... Doch während ich die kühle Brise in mich aufnehme, schleichen sich erneut andere Gedanken in mir ein.

Was hat er wohl getan, nachdem ich geflohen war? War er sauer? Beschäftigt ihn das überhaupt noch? Oder widmet er sich bereits wieder neuen Geschäften und hatte schon die nächste Frau in seinen Armen.

Ich vermute, dass Vito mich jagen wird, doch ich weiß es nicht. Er hat gesagt, er kann mich nicht gehen lassen, das musste er nicht, ich bin gegangen. Im Grunde kann ich gar nicht solch eine große Bedeutung für ihn haben, dass er sich die Mühe machen wird und seine Männer auf die Suche nach mir schickt.

Ich weiß es nicht, ich habe nie ganz verstanden, was all das auf sich hat, und jetzt in einigen Wochen, Monaten wird all das kaum mehr Bedeutung für mich haben.

Auch Leano und die Erinnerungen an ihn werden verblassen. Zita, der ich von ihm erzählt habe, hat mir versichert, dass es so kommen wird. Dass ich mich vielleicht das erste Mal in meinem Leben verliebt habe, aber dass auch dieses

Gefühl verblassen wird. Es kommt mir gerade nur so mächtig vor, weil ich es vorher nie kannte.

Zita sagt, dass die Liebe immer mächtig ist, dass man sie aber selten genießen kann und ich eine der vielen sein werde, die darauf verzichten und mit den schönen Erinnerungen im Herzen weiterleben werde.

Ein weiteres Mal ermahne ich mich, endlich aufzuhören darüber nachzudenken und hebe meinen Blick.

Ich entdecke Zita, die ganz vorn am Ufer steht, um nach dem Schnellboot zu sehen. Da ich nicht schwimmen kann, müssen wir warten, bis es nah genug am Ufer ist. Wie es scheint, kommt es, sie hat sich zu mir umgedreht und hebt freudig die Hände, bevor sie wieder aufs Meer schaut.

Ich ziehe meine Füße aus dem Sand und stehe auf und da entdecke auch ich das weiße Boot, was auf uns zukommt.

Es ist so weit.

Unser neues Leben beginnt.

Ich wünschte, ich könnte auch dieses bittere Gefühl, das sich um mein Herz geschlossen hat, hier zurücklassen.

Gerade als ich nach meiner Tasche greife, um sie aufzuheben und zu Zita nach vorn zu gehen, durchdringt eine Stimme die friedliche Stille.

Eine raue, tiefe Stimme, eine, die ich fast jedes Mal gehört habe, wenn ich meine Augen geschlossen habe.

»Avalyn, warte!«

Leano

Sobald ich aus dem Wald auf den Sand trete und das Meer vor mir sehe, atme ich erleichtert aus.

Sie ist hier, endlich habe ich sie. Ich hole reflexartig mein Handy aus meiner Shorts, um den anderen Bescheid zu sagen, lasse es dann aber wieder zurück in meine Tasche gleiten.

Ich will mit ihr alleine sprechen.

Einen Moment nehme ich mir und betrachte sie von hinten. Ihre Haare wehen im Wind, sie ist gerade aufgestanden und hebt ihre Tasche auf.

Die letzten Tage waren zermürbend.

Wir haben alles abgesucht, jeden Fleck in der Nähe des Klosters, doch es gab keine Spur. Irgendwann habe ich die Kameras auf den Straßen entdeckt und daran gedacht, dass genau die Contis zusammen mit der Polizei dafür gesorgt haben, dass mittlerweile fast jede Straße und besonders die Hauptstraßen videoüberwacht sind.

Damals habe ich sie ausgelacht und gesagt, man sollte das Geld für etwas Sinnvolleres nutzen, in diesem Moment wusste ich, dass das unsere größte Hilfe sein wird.

Wir sind direkt zur nächsten Polizeistation gegangen. Wir haben uns den besten Computerfachmann geholt und alle Kameras der Stadt durchgesehen. Da wir die Freundin von Avalyn nicht kennen, mussten zwei Nonnen uns helfen und dann haben wir sie gefunden. Von da an war es nicht mehr so schwierig. Wir haben ihren Weg in die nächste Stadt verfolgen können, dann haben wir sie kurze Zeit später am Busbahnhof entdeckt und gesehen, in welchen Bus sie eingestiegen ist.

Da wir ihr einige Stunden hinterher waren, sind Adam und ich gleich losgefahren. Tizian hat währenddessen den Bus mit den Kameras verfolgt, bis sie nach einigen Stunden Fahrt ausgestiegen ist. Tizian hat uns den Weg beschrieben und die Bilder auf unsere Handys geschickt. So konnte ich auch sehen, wann Avalyn und sie wieder zusammengefunden haben, wie sie durch die Straßen gelaufen sind und sich ein paar Stunden in eine Pension zurückgezogen haben. Wir konnten sie immer wieder finden, sie sind am nächsten Tag mit dem Zug weitergefahren. Bis Tizian und die Polizisten herausgefunden haben, wo sie ausgestiegen sind, haben Adam und ich endlich mal ein paar Stunden Schlaf bekommen. Sobald sie sie aber entdeckt haben, ging es weiter. Sie sind zweimal umgestiegen und dann an der Küste gelandet.

Es hat einige Stunden gedauert, bis Adam und ich dort ankamen, sie haben sich hier wieder eine kleine Pension gemietet und sind am nächsten Tag weiter die Küste entlang. Irgendwann haben Tizian und die Polizisten das Taxi verloren, weil die Gegend noch nicht gut mit Kameras ausgestattet ist, es hat mehrere Stunden gedauert, bis sie sie wieder entdeckt haben. Sie haben sich immer wieder mit Leuten unterhalten, etwas gegessen und jetzt sind sie vor wenigen Stunden in dieses Waldgebiet gelaufen.

Ich wusste nicht, ob ich sie noch rechtzeitig finde. Mir war klar, dass ich sie hier hätte verlieren können, Adam und ich haben uns aufgeteilt, umso erleichterter bin ich, jetzt auf Avalyn zu sehen. Mein Herz pocht in meiner Brust, eine Mischung aus Erleichterung und Zorn durchströmt mich und noch immer kann ich keinen Schritt auf sie zugehen. Ich sehe sie einfach an, bis ich das Schnellboot bemerke, was auf das Ufer zukommt.

Jetzt muss ich handeln.

»Avalyn, warte!«

Überrascht wendet sie sich zu mir um. Ihr Gesicht spiegelt ihre Verwirrung wider, sie hatte nicht damit gerechnet, dass ich sie finde. Hatte sie überhaupt gedacht, dass ich sie suche? Was hat sie gedacht, was passiert, wenn sie ihren unsinnigen Plan verwirklicht? Hat sie überhaupt nachgedacht?. All das will ich sie fragen, doch ein weiteres Mal überwältigt mich ihre Schönheit. Die ganzen letzten Tage hat sie meine Gedanken beherrscht, doch erneut trifft mich ihr Anblick.

Der Wind streicht ihre Haare nach hinten, in ihren großen Augen spiegeln sich so viele Emotionen, dass ich sie kaum benennen kann, und doch schaffe ich es nur, einen Schritt auf sie zuzugehen.

Der Groll in mir brodelt immer noch zu sehr. So lange habe ich gewartet, nun will ich Antworten.

Ich hebe die Hände.

»Schlafmittel, echt? Das ist das Beste, was dir eingefallen ist?« Avalyn wendet sich um, doch ihre Freundin sieht noch immer zum Meer und das Boot braucht auch noch einige Minuten. Sie verschränkt die Arme vor der Brust. »Es hat funktioniert, es tut mir leid, ich wollte nicht ...« Ich kann es nicht fassen und werde lauter. »Es hat nicht funktioniert, Avalyn, ich bin hier. Du hast dir nur etwas Zeit verschafft, doch falls du dachtest, dass du mit deinen Ablenkungsversuchen geschafft hast, mich ruhigzustellen ...«

Sie zieht die Augenbrauen zusammen. »Warte, Leano, stop! Das, was wir getan haben, war nicht Teil des Plans, ich wollte nur, dass du schläfst, das davor war, weil wir beide das wollten. Denk nicht, dass das nur dazu da war, um dich abzulenken. Du bist der Einzige, der mich nicht aus den Augen gelassen hätte ...«

Einen Moment schweigen wir beide und sehen uns in die Augen, weil uns klar wird, wie wahr ihre Worte sind, ich hätte sie nie aus den Augen gelassen. Ich kann es nicht. »Und das tue ich jetzt auch nicht, Avalyn.« Langsam werde ich wieder leiser, mein Herzschlag beruhigt sich, ich erkenne die Zweifel und die Unsicherheit in ihren Augen.

»Es ist nicht einmal so, dass ich dich nicht verstehe, das habe ich dir von Anfang an gesagt. Ich verstehe dich, ich war bereit, eine andere Lösung zu finden, doch ...« Nun wird sie lauter und kommt auch einen Schritt auf mich zu.

Die ganzen Tage ist sie vor uns weggelaufen, doch reflexartig vergisst sie das wieder. »Das will ich aber nicht, Leano, begreife das doch. Ich will niemanden heiraten und ich will nicht zurück ins Kloster. Ich will leben und machen und tun können, was ich will. Deswegen bin ich hier. Mir ist klar, dass du das nicht wolltest, das hast du mehr als deutlich gesagt und gezeigt und doch kannst auch du mir dabei nicht helfen. Deswegen bin ich hier, deswegen gehe ich jetzt ...«

Ein bitteres Lachen entrinnt mir, als ich weiter auf sie zugehe. »Denkst du wirklich, du kannst einfach verschwinden und alles hinter dir lassen?« Meine Stimme klingt hart, voller Vorwürfe. »Wenn du jetzt gehst, werden wir nie wissen, was noch hätte passieren können. Hast du mich nur benutzt? War das alles nur ein Spiel für dich?«

Es ist das erste Mal, dass ich vor einer Frau die Hose herunterlasse, dass nicht sie vor mir steht und mich fragt, wieso ich es nicht ernst meine, ob ich sie nur ausgenutzt habe und was für Vorwürfe ich mir alles schon anhören musste. Niemals hätte ich gedacht, dass ich das jemals eine Frau fragen werde, dass es mir überhaupt etwas bedeuten würde und doch kann ich nicht anders.

Denn mir hat es etwas bedeutet.

Verdammt, ein Blick auf sie und ich weiß, dass ich sie niemals einfach so hinter mir lassen kann, also werde ich jetzt nicht so tun, egal wie merkwürdig es sich anfühlt.

Avalyn atmet tief ein. »Denkst du das wirklich? Dass ich das alles gespielt habe? Dass ich einfach nur aus Berechnung zu dir gekommen bin, wenn ich nicht schlafen konnte? Ich weiß es doch selbst nicht, Leano ... ich weiß nicht, was genau zwischen uns ist, ich habe so etwas noch nie erlebt. Mir geht das die ganze Zeit im Kopf herum ...«

Unsere Blicke treffen sich und in diesem Moment kämpfe ich mit mir selbst. All die Wut, die mich über Tage hinweg angetrieben hatte, verblasst für einen Moment, während das Verlangen, sie in die Arme zu schließen, beinahe übermächtig wird. Wie kann sie mir nur so sehr fehlen? Wie ist all das so schnell passiert?

Doch gerade das treibt mich auch zur Raserei. Sie beherrscht meine Gedanken, und das bringt mich um den Verstand. Trotzdem versuche ich, ruhig zu bleiben, weil ich spüre, dass auch sie hin- und hergerissen ist.

»Ich habe nicht mit dir gerechnet, Leano, in all dem habe ich nicht damit gerechnet und es tut mir leid. Es verfolgt mich, es wird mich immer verfolgen, was das zwischen uns ist und was daraus hätte werden können, doch ich muss frei sein, ich kann nicht ...«

Nun unterbreche ich sie, als sie wieder einen Schritt von mir weggeht.

226

»Vergiss das alles. Vergiss meinen Onkel, die Abkommen, all das. Du wirst frei sein. Das wirst du, du hast mein Wort. Es gibt keine Hochzeit und kein Kloster mehr, du bleibst bei mir und ...«

»Avalyn, geh weg!«

Wir beide waren so aufeinander fixiert, dass wir nicht bemerkt haben, dass sich uns jemand nähert. Ihre Freundin kommt zu uns, meine Waffe in ihrer Hand und auf mich gerichtet. Auch das Boot ist nun am Ufer und die beiden Männer darauf sehen zu uns.

Avalyn dreht sich um und schreit ihre Freundin an. »Lass das, Zita, leg die Waffe weg, sie ist nicht dafür da, dass du sie auf ihn richtest, das ...« Ihre Freundin lacht auf. »Oh doch, wir sind kurz davor, hier abzuhauen, komm einfach zu mir, Avalyn, lass uns gehen. Jetzt.«

Avalyn dreht sich zu mir und ich sehe ihr weiter in die Augen.

»Tu das nicht, bleib hier, bei mir. Ich verspreche dir, dass ich mich um alles kümmere ...« Sie unterbricht mich und Tränen laufen über ihre Wangen. Es bringt mich um, das zu sehen, zu wissen, dass ich es bin, der sie so zur Verzweiflung bringt.

»Das kannst du nicht, Leano. Vito ...« Ich unterbreche sie, weil ich sehe, dass ihre Freundin nervös ist. Einen Moment denke ich daran, meine Waffe zu ziehen und sie auszuschalten, doch sie zielt so genau auf mich, dass ich das wahrscheinlich nicht mehr schaffen würde.

»Vito hört auf mich. Das scheint nicht immer so, doch ich habe das Sagen und keiner wird es wagen, sich zwischen uns zu stellen ...«

Sie schiebt sich ihre Haare nach hinten und wischt sich ihre Tränen weg. Ich hebe meine Hand, um nach ihr zu greifen, doch sie steht noch zu weit weg. Ihre Stimme wird leiser. »Ich kann einfach nicht aufhören, mich zu fragen, was hätte sein können, wenn ...« Ihre Worte hängen in der Luft zwischen uns, da unterbricht ihre hysterische Freundin uns erneut, so langsam geht sie mir wirklich auf die Nerven.

»Avalyn!« Ihre Stimme ist scharf, drängend. »Komm, wir müssen jetzt los. Das ist unsere letzte Chance.« Avalyns Blick gleitet zwischen uns hin und her, sie deutet ihrer Freundin, die Waffe zu senken und sieht mich wieder an. Ich strecke ihr meine Hand hin, ich sehe die Zweifel in ihren Augen. »Bitte, Avalyn, gib uns eine Chance. Ich werde auf dich aufpassen, egal was passiert.«

Mein Herz rast, doch mein Blick bleibt auf Avalyn fixiert, die sich wieder umdreht. »Nimm endlich die Waffe runter, Zita«, ruft sie ihrer Freundin zu, Tränen rinnen weiter über ihr Gesicht.

Ich strecke meine Hand weiter nach ihr aus, mein ganzer Fokus liegt auf Avalyn.

»Wir werden das schaffen. Komm zu mir.«

Für einen Moment zögert Avalyn. Ihre Hand hebt sich langsam, sie scheint mich greifen zu wollen, ihre Finger strecken sich aus – und dann ertönt der Schuss.

Ein stechender Schmerz durchfährt meine Brust, ich taumle zurück, während die Welt um mich herum zu verschwimmen beginnt. Ich bin der beste Schütze und Kämpfer weit über Italien hinaus. Normalerweise hätte ich ihre Freundin ohne Probleme überwältigen oder ausweichen können, doch meine Konzentration lag allein auf Avalyn. Sie bei mir zu behalten und nicht wieder zu verlieren, hat mich unvorsichtig werden lassen, was ich sonst niemals bin.

Ich höre Avalyns Schrei, in ihrer Stimme Panik und Verzweiflung. »Warum? Warum hast du …?«

Alles wird dunkel, meine Beine geben nach und ich spüre den Boden unter mir, Hände an mir, doch dann wird alles weiter und die Hände sind weg.

»Avalyn, sieh mich jetzt an, vergiss ihn endlich. Das hier ist unsere letzte Chance, verstehst du das? Wir müssen jetzt weg, sonst werden wir niemals frei sein, komm jetzt …«

Ich höre alles immer weiter weg, versuche, noch etwas zu sagen, doch dann hüllt die Dunkelheit mich völlig ein.

Avalyn

Die Wellen des Meeres schlagen wild gegen die Felsen der Küste.

Mein Kopf ist leer. Ich fühle mich leer und betrachte das stürmische Treiben. Es hilft mir, meinen Herzschlag zu beruhigen. Meine Augen brennen von all den Tränen, die ich geweint habe, meine Stimme ist rau und kratzig. Obwohl ich seit Stunden nichts mehr gesagt habe, spüre ich genau das. Ich fühle mich um Jahre gealtert.

Mir hatte das mal eine Mutter erzählt, der damals das Kind weggenommen wurde und die es dann aus unserem Waisenhaus wieder abgeholt hat. Sie hat mir gesagt, dass es Momente, Entscheidungen und Schicksalsschläge gibt, die einen Menschen in Stunden um Jahre altern lassen, genau das ist bei mir passiert.

»Du solltest dich setzen, das hilft jetzt auch keinem, wenn du hier so nervös umherläufst.«

Natürlich nicht, doch ich kann nicht anders. Ich wende mich um und sehe in Vitos müde Augen, die auf mir liegen.

Die Minuten, nachdem Zita Leano angeschossen hat, sind wie ein Albtraum an mir vorbeigezogen. Ich kann nicht mehr sagen, was als Erstes passiert ist, ich weiß, dass ich Leano gehalten habe, meine Hand auf seine Brust gelegt habe, aus der immer schneller das Blut lief, ich habe Zita angeschrien, sie hat mich angeschrien, wollte mich von Leano ziehen, doch das hätte sie niemals geschafft.

Ich hatte meine Entscheidung schon vorher getroffen, vielleicht sogar schon, als ich in Leanos Armen eingeschlafen bin und mich so sicher wie noch niemals zuvor in meinem Leben gefühlt habe. Ich habe es nicht sofort begriffen, doch ich wollte seine Hand nehmen, ich war bereit, ihm zu vertrauen und es zu probieren, hier an seiner Seite.

Dann kam der Schuss und alles ging viel zu schnell.

Irgendwann hat Zita verstanden, dass ich nicht komme und ist alleine zum Boot gerannt. Im nächsten Moment war Adam neben mir, ich habe keine Ahnung, wo er herkam, doch er hat telefoniert, mir gesagt, ich soll meine Hand dort halten und noch einiges mehr, was ich nicht mehr mitbekommen habe.

Ich habe geweint, mein Gesicht auf Leanos Gesicht gelegt, meine Tränen sind über seine Wangen gelaufen, während ich ihn angefleht habe, wach zu werden und meine Hand auf sei-

232

ne Wunde gedrückt habe. Irgendwann kamen Sanitäter mit einer Trage, sie haben übernommen und wollten, dass ich Platz mache, doch ich habe nicht daran gedacht, von Leanos Seite zu weichen, bis Adam mich gehalten hat und die Sanitäter Leanos Leben retten konnten.

Sie sind mit ihm vorgefahren, Adam und ich hinter ihnen im Auto zum nächsten Krankenhaus, das zum Glück nur wenige Minuten entfernt war. Seitdem wird er operiert und das Ganze zieht sich jetzt schon über Stunden hin. Die Sonne ist bereits wieder aufgegangen. Keiner kommt und sagt uns, was los ist. Adam versichert mir, dass es daran liegt, dass Vito eingetroffen ist und die Ärzte erst Bescheid geben, wenn sie auch ganz genau wissen, was passieren wird und ob er es schafft oder nicht.

Keiner will Vito falsche Informationen geben.

Auch Tizian und Dante kamen, Adam und sie sitzen seitdem blass neben Vito, der schweigend zu Boden sieht, nachdem er erfahren hat, was genau passiert ist. Ich hatte mich darauf eingestellt, seine ganze Wut abzubekommen, weil ich weggerannt bin, weil ich diesen merkwürdigen Conti-Sohn mit einer schweren Steinvase bewusstlos geschlagen habe und weil Leano meinetwegen nun in Lebensgefahr schwebt. Vito hat mich erst vor wenigen Tagen aus dem Kloster holen lassen und alles steht Kopf.

Doch er hat mich nur wütend angesehen und sitzt nun schweigend auf der Bank. Vor einigen Minuten sind Adam, Dante und Tizian das erste Mal eine rauchen gegangen. Ich wünschte, ich könnte auch irgendetwas tun, doch ich bleibe vor dem Operationssaal stehen, laufe umher und sehe auf die wilden Wellen des Meeres.

Bisher hat keiner von ihnen etwas zu mir gesagt und mir Vorwürfe gemacht und ich bin ihnen dankbar dafür, trotzdem ist die Luft zum Zerreißen gespannt.

Erst jetzt, als wir alleine sind, spreche ich Vito an. Ich reibe mir müde die letzten Tränen von der Wange und setze mich ihm gegenüber.

»Ich weiß, dass es gerade egal ist, aber ich wollte das nie. Ich wollte meine Freiheit, aber ich wollte niemals, dass jemand verletzt wird, besonders nicht Leano … er bedeutet mir viel, ich wünschte, ich könnte das ungeschehen machen, ich wünschte, ich hätte …«

Vito sieht mich mit einem vernichtenden Blick an.

Trotz all der Jahre, in denen ich ihn immer wieder gesehen habe, hat sein Auftreten auch jetzt noch diese mächtige Wirkung auf mich und ich würde mich unter seinem Blick am liebsten zusammenkauern und verstecken.

Er kommt nicht dazu, etwas zu sagen, da kommen zwei der Chefärzte heraus, die gleich an Leanos Seite geeilt sind, auch sie sind müde, doch ein zufriedenes Lächeln liegt auf ihren Lippen, während sie sich die Kittel abstreifen.

»Wir konnten Ihren Neffen retten, Mr. Da Luca. Es war kompliziert, da sich einige Splitter im Körper befanden, Knochen gebrochen waren und wir die Kugel nur schwer aus dem Gewebe bekommen haben, doch jetzt ist alles zugenäht, gerichtet und alles, was er jetzt noch braucht, ist Ruhe und Zeit, dann wird er wieder ganz der Alte.«

Vito steht auf und reicht beiden Männern dankbar die Hand. »Wir wissen das zu schätzen, Ihre Mühe und alles andere. Wir zeigen uns erkenntlich. Vielen Dank.« Die beiden Ärzte scheinen nicht nur zufrieden zu sein, sondern wirken auch sehr erleichtert. Wer weiß, was gewesen wäre, wäre das Ganze anders ausgegangen. Ich will es mir gar nicht vorstellen und die Ärzte wahrscheinlich auch nicht.

Auch die Schwestern verlassen den OP und sagen uns, dass sie Leano zum Wachwerden in ein Zimmer bringen, wo wir ungestört sein können. Sie sagen uns, dass sie uns abholen und hinbringen, sobald er dort ist, und das erste Mal seit Leano aus dem Wald zu mir gekommen ist, kann ich wieder richtig atmen.

Ich spreche ein kleines Gebet und schließe die Augen.

Niemals hätte ich gedacht, dass ich das jemals freiwillig tun könnte, doch gerade jetzt kann ich gar nicht anders.

Vito wendet sich zu mir um und ich sehe auch in seinem Gesicht die Erleichterung. Er deutet nach draußen.

»Ich hole etwas zu trinken und sorge dafür, dass Leano alles bekommt, was er braucht, soll ich dir etwas mitbringen?«

Ich schüttle nur leicht den Kopf. Noch bin ich nicht in der Lage, Worte zu finden, so erleichtert bin ich.

Vito verlässt den Wartebereich vor dem OP, doch bevor er die Tür schließt, wendet er sich noch einmal zu mir um.

»Und Avalyn, hör auf, dir zu viele Sorgen zu machen. Du hast dich für ihn entschieden und ich kenne Leano, er hat sich schon länger für dich entschieden. Er hat dabei fast sein Leben verloren, um dich nicht zu verlieren, also mache ich mir keine Sorgen mehr, was nun kommen wird, und das brauchst du auch nicht.«

Mit diesen Worten verlässt er den Raum, ich wische mir meine Tränen weg und mein Herz wird noch ein Stück freier.

Leano

Ein schweres Pochen durchdringt die Dunkelheit, ein dumpfer Schmerz, der tief in meiner Brust zu wummern scheint.

Ich öffne die Augen nur langsam, selbst das ist ein ungeheurer Kraftakt. Der Raum um mich herum ist in sanftes Halbdunkel gehüllt, die Luft schwer und still. Der Geruch von Desinfektionsmitteln und die gedämpften Geräusche des Krankenhauses dringen in meine Wahrnehmung.

Langsam kommen meine Erinnerungen hoch, der Schuss, die brennende Hitze in meiner Brust, das Flackern des Bewusstseins, bevor alles schwarz geworden ist. Meine Finger bewegen sich leicht, fühlen das weiche Laken unter mir.

Mit einem vorsichtigen Atemzug wage ich mich weiter vor und spüre sofort den Schmerz, tief und scharf, aber ich bin am Leben.

Langsam drehe ich den Kopf zur Seite, mein Blick fällt auf die Couch im Raum. Avalyn liegt dort, in einen tiefen Schlaf versunken, jemand hat eine Decke über sie gelegt. Selbst im Schlaf sieht sie erschöpft und besorgt aus, als hätte sie in den letzten Stunden oder vielleicht Tagen keine Ruhe gefunden.

Ich bin am Leben und sie ist bei mir.

»Sie ist nicht von deiner Seite gewichen, weißt du«, ertönt eine tiefe Stimme leise neben mir. Langsam drehe ich meinen Kopf in die andere Richtung und sehe meinen Onkel, der mit müden Augen an meinem Bett sitzt. Ein Lächeln liegt auf seinen Lippen, aber seine Augen verraten die tiefe Erschöpfung und die Angst, die er durchgestanden haben muss.

»Wir dachten, wir verlieren dich.« Er spricht leise und fährt sich mit der Hand über das Gesicht, als wolle er die Emotionen verbergen, die in ihm aufsteigen. »Mein Herz …«

Er zögert, schüttelt dann leicht den Kopf.

»Mein Herz hätte das nicht mehr ausgehalten. Die ganze Zeit habe ich daran gedacht, dass ich hoffe, dass du weißt, wie stolz ich auf dich bin und ich habe mich gefragt, wieso ich noch so stur bin. Ich bin alt, ich schaffe die Geschäfte kaum noch. Alles, was ich will, ist meine Ruhe und hin und wieder noch ein wenig mitmachen, doch ich habe es nicht übers Herz gebracht, dir die Verantwortung ganz zu übergeben. Vielleicht dachte ich, ich mache mich damit älter und angreifbarer, ich weiß es nicht. Ich weiß nur, dass du schleunigst wieder gesund werden solltest, damit du die Geschäfte übernehmen kannst und ich zurück auf meine Burg kann. So etwas hält mein Herz kein weiteres Mal aus.«

Auch wenn es mir überall wehtut, muss sich lachen.

Mein Onkel hat schon die bedeutendsten Reden geschwungen, er weiß es, die richtigen Worte zu finden, doch ich weiß auch, dass es ihm schwerfällt, wenn es um die Menschen geht, die er liebt. Trotzdem weiß ich seine Geste zu schätzen. »Hätte ich gewusst, dass ich mich dafür nur hätte anschießen müssen, hätte ich das schon früher getan.«

Ich fasse mit schmerzverzogenem Gesicht an meine Brust und treffe den mahnenden und besorgten Blick meines Onkels. Er nickt kaum merklich und sieht mich doch ernst an. Ich weiß, was das bedeutet.

Vito meint seine Worte ernst.

Er hat mir immer Schutz geboten, immer den Weg geebnet, und jetzt … Jetzt ist es an mir, diesen Weg weiterzugehen und die Sacra Notte zu leiten.

»Aber das ist nicht alles«, fügt mein Onkel hinzu, seine Stimme wird weicher. Er blickt kurz zu Avalyn hinüber, die immer noch tief schläft.

Ich unterbreche ihn schnell. »Ich weiß, dass das immer eine Sache der Familie war, doch die letzten Tage haben sie zu meiner Sache gemacht. Ich werde mich ab jetzt um sie kümmern, du musst das …«

Vito lehnt sich zurück.

»Das weiß ich. Das war uns allen klar, so wie du dich benommen hast. Wir konnten das nicht glauben, weil wir dich kennen und auch deinen Umgang mit Frauen, doch man hat schnell gemerkt, dass du Avalyn anders siehst. Und auch sie

... ich denke, sie liebt dich, Leano. Das habe ich in jedem Moment gesehen, den sie an deiner Seite war. Sie hat dich keinen Augenblick aus den Augen gelassen. Du bedeutest ihr viel.«

Mein Blick gleitet zu Avalyn. Ein warmes Lächeln breitet sich auf meinem Gesicht aus. In all dem Chaos und all der Gefahr ist sie bei mir geblieben.

»Sie hätte gehen können, sie hatte die Chance dazu. Doch sie hat sich dagegen entschieden. Ich weiß nicht, was daraus wird, aber ich weiß, dass ich mich jetzt um sie kümmern werde und ihr auch die Wahrheit sagen werde, auch was ihre Vergangenheit betrifft. Sie muss verstehen, wer sie ist, damit sie alles andere begreift, aber erst einmal ...« Ich will mich aufsetzen, doch es tut noch zu sehr weh.

Mein Onkel steht auf und richtet mir die Kissen, sodass ich aufrechter sitze. »Ruhe dich aus.« Er beugt sich vor und gibt mir einen Kuss auf die Stirn. »Wir reden später weiter. Tizian, Dante und Adam sitzen vor dem Raum, es dürfen immer nur zwei hinein. Auch sie sind irgendwann eingeschlafen. Sie werden sich freuen zu hören, dass du wach bist. Das hat uns alle getroffen, du wirst sehr geliebt. Ich gehe mir mal die Beine vertreten.«

Leise, um niemanden zu wecken, geht Vito aus der Tür, sobald diese allerdings zugeht, schreckt Avalyn trotzdem hoch und ihr Blick trifft meinen.

Sie blinzelt ein paar Mal, bevor ihr Blick klar wird. Tränen sammeln sich sofort in ihren schönen Augen, als sie realisiert, dass ich wach bin.

»Leano …« Ihre Stimme ist rau und brüchig, als sie auf mich zukommt, ihre Hände zittern leicht, während sie mich vorsichtig berührt, als hätte sie Angst, mich zu verletzen. »Ich … ich dachte, ich verliere dich …«

Sie holt tief Luft. »Es tut mir leid, ich wollte dich nicht …« Ich hebe das Laken an, das über mir liegt und beiße mir auf die Lippen, so sehr durchfährt mich der Schmerz bei dieser Bewegung. Doch genau das brauche ich jetzt. »Komm her.« Sie sieht mich fragend an, doch dann legt sie sich zu mir ins Bett, vorsichtig. Müde ziehe ich sie an mich, küsse ihre Wange und atme ihren Duft ein.

»Es tut mir …« Ich ziehe sie noch enger an mich. Die Kabel der Geräte liegen an meinem anderen Arm, ich muss aufpassen, doch ich brauche sie bei mir. »Ich weiß, es tut mir auch leid, was dir alles angetan wurde und dass du noch nicht einmal den richtigen Grund dafür kennst …« Sie legt ihre Hand auf meine Brust über den Verband, und einen kleinen Moment halte ich sie einfach nur bei mir.

Es gibt noch so vieles zu sagen, zu planen. Sie hat vollkommen recht gehabt mit ihren Worten, dass das zwischen uns nie geplant war, bei Weitem nicht, doch das hier, sie bei mir zu haben, fühlt sich zu gut an und deswegen weiß ich, dass wir eine Lösung finden werden. »Was hat Vito gesagt, was jetzt passiert …?« Ich halte meine Augen weiter geschlossen, ich spüre, wie müde ich bin.

»Es ist vorbei«, erkläre ich ihr leise. »Ich schwöre dir, Avalyn, ab jetzt wird alles gut. Ich werde dafür sorgen.«

Mit all der Kraft, die ich aufbringen kann, streiche ich sanft mit meinem Finger über ihre Wange.

»Damit du all das wirklich verstehst, musst du die Wahrheit kennen, die ganze Wahrheit ...«

Noch einmal breite ich die Decke weiter über uns beide aus, ziehe sie noch enger an mich und drücke meine Lippen sanft auf ihre Stirn.

Avalyn legt ihren Kopf auf meine Brust, während ihr Atem sich langsam beruhigt und auch ich immer müder werde, doch ich beginne, ihr alles zu erzählen.

Von den verschwundenen Salva-Töchtern, von denen man in Puerto Rico noch bis heute spricht. Von ihrer Vergangenheit und allem, was sie wissen muss, denn ich weiß, dass wir nur so, nur mit dieser Wahrheit, auch eine Zukunft haben werden.

Ein paar Wochen später

Avalyn

»Lass das!«

Mein Blick gleitet mahnend zu dem dunkelbraunen Hengst, der mich immer wieder mit seiner nassen Schnauze anstupst.

Seit drei Tagen bin ich zurück auf der Ranch. Die letzten zwei Monate waren viel, ich weiß gar nicht mehr, wo mir der Kopf steht.

Die Tage im Krankenhaus bei Leano waren noch die ruhigsten.

Er brauchte noch einige Tage Ruhe, ich bin bei ihm geblieben, genau wie Vito, Adam, Dante und Tizian, dann sind wir auf das Anwesen in Rom geflogen, wo ein großes Fest gegeben wurde, um Leano als neuen Anführer zu feiern und gleichzeitig Vito zu ehren, der sich danach auf seine Burg zurückgezogen hat. Auch er erledigt weiterhin Geschäfte, aber eher im Hintergrund und damit ist er mehr als zufrieden.

Die Contis waren noch eine Weile sehr wütend, ich weiß nicht, was Leano getan hat, doch mittlerweile sind sie wieder ruhiggestellt und Vito hat mir erklärt, es laufe nun alles wie vorher weiter.

Leano hat mich danach nach Neapel, in die Toskana und auch ans Meer nach Spanien mitgenommen. Jedes Mal wenn er etwas zu erledigen hat, bin ich dabei, lerne die Welt kennen und genieße meine Zeit mit Leano. Auch die anderen Männer der Sacra Notte behandeln mich, als hätte ich schon immer zu ihnen gehört. So langsam habe ich das Gefühl, dazuzugehören.

Bei den Geschäften und Abschlüssen selbst bleibe ich im Hintergrund oder im Hotel, doch Leano lässt mich an allem teilhaben und vor allem zeigt und erklärt er mir alles, was ich wissen will. Ich liebe es, dass wir keine Geheimnisse voreinander haben.

Ich habe mir niemals eine Beziehung vorgestellt, in der ich leben würde, mich nie gefragt, was ich mir von einem zukünftigen Partner erwarte, ich habe mir einfach niemals Gedanken darum gemacht, doch wenn, dann wäre es genau das, was Leano und ich uns tagtäglich zusammen aufbauen.

Am Anfang wollte ich immer mit dabei sein, vor einer Woche sind wir dann aber zu Vito auf die Burg gefahren, und als Leano einen Tag später nach Frankreich musste, bin ich bei Vito geblieben.

Auch das genieße ich gerade.

Vito hat gelernt, offen mit mir zu sein, er hat mir immer wieder erzählt, wie sie uns damals gefunden haben, wenn ich ihn danach gefragt habe. Auch wenn ich die Geschichte nun kenne, will ich sie immer wieder hören, als wäre sie nur dann real.

Wir haben zusammen Karten gespielt und ich habe die Zeit in der Burg sehr genossen. Als dann Leano zurückkam, sind wir zur Ranch gefahren, wo gestern ein Treffen stattfand, morgen geht es für uns nach Kolumbien.

Mir ist klar, dass das Leben nicht immer in diesem schnellen Tempo weitergehen kann, doch mein Leben war die ganze Zeit über auf Eis gelegt und ich gefangen in den alten Mauern des Klosters, sodass ich es noch sehr genieße.

Als Leano aus Frankreich zurückkam, hat er mir ein Armband mitgebracht und mir das erste Mal gesagt, dass er mich liebt. Gezeigt hat er mir das schon lange und doch hat er es erst nachdem wir uns ein paar Tage nicht gesehen haben, auch gesagt.

Für einen Mann wie Leano, und ich bekomme immer mehr mit, was für ein wildes Leben er vorher hatte, ist das, was wir haben, auch eine Umstellung. Manchmal, wenn wir auf einer Party sind und eine Frau ihn anflirtet, beobachte ich ihn, doch sein Blick kommt immer wieder zu mir, er hat mich immer im Auge und ich spüre ja auch, wie sehr er meine Nähe genießt, genau wie ich seine.

Ich bin glücklich, anders kann man es nicht sagen.

Ich denke immer wieder an Zita und unseren Plan und hoffe, dass ich sie eines Tages wiederfinden werde, doch ich bereue meine Entscheidung nicht. Im Gegenteil.

Wir müssen uns noch auf diese Beziehung einstellen und doch habe ich aus tiefstem Herzen das Gefühl, dass wir beide glücklich sind und das ist die Hauptsache.

Wir fliegen bald los nach Kolumbien und irgendwie macht die Nähe zu Puerto Rico mich nervös. Deswegen scrolle ich auf dem iPad, was ich bekommen habe, weiter in alten Zeitungsartikeln, die es damals gab, ob ich mehr erfahren kann, als ich schon weiß, doch ich habe kein Glück.

Das Tor zur Weide steht offen und zwei Pferde sind mit mir zum Fluss gekommen, wo ich mich auf einen Stein gesetzt habe. Nachdem sie getrunken haben, haben sie offenbar beschlossen, mich abzulenken. Anstatt meine Ermahnung ernst zu nehmen, stupst er mich weiter an.

»Hier bist du, habe ich es mir doch gedacht.« Diese Stimme würde ich immer und überall erkennen.

Leano kommt zu uns. Er trägt einen Jogginganzug, es ist kälter geworden, doch noch geht es, in Kolumbien soll es dagegen sehr heiß sein.

Ich schließe das iPad und lasse mir von Leano vom Stein herunterhelfen, er gibt mir einen Kuss und sieht mir in die Augen.

»Es ist alles fertig, bist du bereit oder willst du noch ein wenig mit den Pferden kuscheln?« Sein unwiderstehliches Lächeln setzt sich auf seine Lippen und sein Grübchen zeigt sich. Er war eine Weile eingeschränkt, mittlerweile ist er wieder komplett fit und im Training. Und auch wenn wir uns langsam an diese Beziehung gewöhnen, können wir noch immer nicht die Finger voneinander lassen. Deswegen lache ich auch auf, als Leano seine Hände unter meinen Pullover schiebt und mich näher an sich zieht.

»Ich bin bereit, aber ich wollte noch etwas …« Ich atme tief ein und sehe ihm in die Augen, ich war mir selbst nicht sicher, doch jetzt sehe ich ihn an und er erkennt den Ernst in meinen Augen und hebt fragend seine Augenbrauen. »Was liegt dir auf dem Herzen?«

Seine Finger malen beruhigende Kreise auf meinen Rücken und ich fasse endlich den Mut, das zu sagen, was schon die ganze Zeit in meinem Kopf umherschwirrt, seit ich meine wahre Geschichte erfahren habe.

»Ich habe viel darüber nachgedacht, Leano, ich … ich will meine Schwestern finden.«

Wir sehen uns in die Augen, er sagt nichts. Wir beide wissen, dass es schwer wird und dass das eigentlich nie passieren sollte und doch kann ich nicht anders.

»Wir müssen meine Schwestern finden!«

Lesen Sie weiter in …

Die Salva-Töchter

Band 2

GELIEBT

Leseprobe:

Wieder atme ich durch.

Niemand hier weiß, dass ich Kaitos Tochter bin. Ich muss versuchen, entspannt zu bleiben, mir meine Freundinnen schnappen und verschwinden. Es war ein aufregendes Abenteuer, das Spaß gemacht hat, aber es ist vorbei, und ich werde es so schnell nicht wieder riskieren.

Langsam verlasse ich die Kabine und lasse mir absichtlich Zeit, damit die beiden auch wirklich verschwunden sind.

Auch wenn ich hier nicht sein sollte, muss ich zugeben, dass alles, was man über Taro sagt, wahr ist. Er ist gefährlich, er hat eine Ausstrahlung, die alle Blicke auf sich zieht, aber er ist auch sehr anziehend und attraktiv. Doch es stimmt auch, dass man einen großen Bogen um ihn machen sollte, und genau das werde ich tun.

Als ich die Tür zurück in den Flur öffne, kommen zwei Frauen hereingestürmt. Eine hält die andere im Arm und stützt sie. Sie würgt laut. So schnell ich kann weiche ich auf den Flur aus und lasse die beiden durch. Kann der Abend noch schlimmer werden?

Ich sehe mich um. Hier im Flur stehen nur ein paar Säulen herum, die Musik ist etwas gedämpfter. Direkt neben der Frauentoilette geht eine alte, schmale Treppe nach oben. Der Teil des Clubs scheint nicht benutzt zu werden. Ein Schild warnt, dass der Zutritt verboten ist, doch es ist nicht dieses Schild, das mich innehalten lässt.

Es ist ein kleines, hölzernes Schild mit der Aufschrift 'Tanzsaal', das so alt aussieht, als hätte jemand es vergessen zu entfernen. Mein Blick wandert die Treppe hinauf, die seit Jahren ungenutzt wirkt. Meine Neugierde ist eine meiner Schwächen. Mein Vater hat mich schon tausendmal deswegen liebevoll ermahnt. Wenn er mich jetzt dabei beobachten würde, wie ich an dem Schild vorbei die Treppe hochgehe, wäre er wahrscheinlich nicht mehr so liebevoll.

Doch ich kann nicht anders. Das Schild erinnert mich an meine alte Tanzschule. Es sah genauso aus. Deswegen gehe ich schnell die Treppe hinauf. Oben erwarten mich mehrere Türen, an einer hängt wieder solch ein Schild. Ein Lächeln huscht über mein Gesicht. Es ist genau wie in meiner alten Tanzschule, auch hier gibt es eine alte Holztür mit einem Fenster, an dem sich die stolzen Väter immer die Nase plattdrücken, um ihren Töchtern zusehen zu können.

Vorsichtig drehe ich den Türknauf und schließe die Augen, in der Hoffnung, dass die Tür nicht verschlossen ist. Sie öffnet sich. Ich suche nach einem Lichtschalter und finde einen genau neben der Eingangstür. Als ich dann das Licht anschalte, halte ich erneut ein.

254

Der Raum ist verlassen. Es gibt keine Möbel, doch genau das macht seinen Charme aus. Wahrscheinlich ist dieser Teil des Clubs nie renoviert worden. Der Raum muss sehr alt sein. Die Holzböden sind dunkel und glatt gebohnert, die gesamte Wand ist verglast und überall sind Ballettstangen angebracht. Eine einfache Glühbirne hängt an einem alten Seil von der Decke herab und die Frontfenster gehen bis zum Boden, mehr nicht, doch für mich ist es der schönste Raum im Noyx. Hier werden früher viele Frauen und Mädchen getanzt haben, vielleicht war der Club früher mal ein Theater oder es gab hier andere Veranstaltungen.

Lächelnd gehe ich zur Mitte des Raumes und bemerke die vielen Kreise. Auch wenn der Boden glänzt, erkennt man diese typischen Abnutzungen vom Ballettunterricht. Ich gehe zu den Stangen, meine Fingerspitzen gleiten über die staubigen Oberflächen. Am liebsten würde ich meine Schuhe ausziehen und lostanzen ...

»Hier ist der Zutritt nicht gestattet.«

Ich sehe in den Spiegel und direkt in Taros dunkle Augen. Erschrocken wirble ich herum. Wie hat er mich hier gefunden? Ist er mir gefolgt? Seine Augen fixieren mich mit derselben Intensität wie zuvor auf der Tanzfläche.

»Das ... wusste ich nicht. Tut mir leid, ich bin schon weg.« Meine Stimme zittert leicht, und ich versuche es zu überspielen. »Du musst nicht gleich fliehen«, sagt er ruhig, seine Stimme trägt plötzlich eine Freundlichkeit in sich, die mich überrascht. »Tanzt du?«

Die Frage erwischt mich unvorbereitet und ich bleibe kurz stehen. »Nicht mehr. Wie gesagt, ich sollte nicht hier sein …« Ich gehe mit schnellen Schritten auf die Tür zu, an der er gelehnt steht und mich beobachtet. Als ich an ihm vorbei will, hält er mich sanft an meinem Arm fest. Seine Berührung ist warm, und ein angenehmes Kribbeln breitet sich an der Stelle aus, wo seine Finger meine Haut berühren. Mein Herzschlag beschleunigt sich, doch nicht nur aus Furcht.

»Wie heißt du? Ich habe dich vorher noch nie hier gesehen.« Das … fragt er das, weil er etwas ahnt, oder …? Ich schlucke schwer. »Yuna, wie gesagt, ich muss jetzt gehen, meine Freundinnen …«

Taros Lippen ziehen sich zu einem anziehenden Lächeln. Was zur Hölle ist los mit mir? Ich sollte schleunigst verschwinden und nicht den Feind meines Vaters anhimmeln.

»Yuna? Wieso hast du einen japanischen Namen …?«

Meine Augen verengen sich und ich entziehe ihm meinen Arm.

»Weil ich Japanerin bin!«

Taro legt den Kopf schief, als wäre er unsicher, ob er lachen soll und allein das macht mich wütend.

»Du sprichst perfekt Japanisch, aber du bist keine Japanerin.«

Was tue ich hier überhaupt?

Ich sehe ihm noch einmal in die Augen und wende mich dann um.

»Ich bin Japanerin! Das hast nicht du zu entscheiden. Wie gesagt, ich muss jetzt los.«

Mit diesen Worten eile ich die Treppen hinunter.

Was war das gerade? Was denkt er sich eigentlich? Mit schnellen Schritten gehe ich zu dem Tisch, an dem bereits Sana und Sakura stehen und auf mich warten. »Da bist du ja, so langsam können wir beide ...«

»Perfekt, lasst uns gehen!«

Ich spüre einen brennenden Blick auf meinem Rücken, wende mich aber nicht mehr um. Stattdessen beeile ich mich, so schnell ich kann von hier wegzukommen.

Entdecken Sie die atemberaubende Welt von Jaliah J. ...

Auf seine Lippen legt sich ein sinnliches Lächeln.
»Wenn es dir dann leichter fällt hiermit umzugehen,
kannst du mich gerne dafür hassen!«

Elisa Genova ist die Verlobte des Anführers der Scaranos, der führenden Mafiafamilie Italiens. Sie hat sich ihr Schicksal nicht ausgesucht, doch gelernt, damit zu leben. Als sie und einige andere Frauen der Scaranos den Rebellen in die Hände fallen, findet sie sich in einem Strudel aus Rache und Leidenschaft wieder, der sie zu verschlingen droht und sie zwingt, sich ihren Ängsten zu stellen.

Melodie Harper lebt ein ruhiges und zurückgezogenes Leben als Grundschullehrerin in ihrer Heimatstadt Provincetown in Massachusetts. Sie hatte sich auf einen entspannten Sommer mit ihrer besten Freundin Kayla und ihrer Hündin Nala, gemeinsamen Spaziergängen am Strand und gemütlichen Abenden mit Freunden gefreut. Doch eine Begegnung auf dem Footballfeld ihrer alten Highschool prophezeit ihr, dass dieser Sommer alles andere wird – nur nicht ruhig und entspannt.

Tatum Garcias ist der gefeierte Quarterback und Frauenschwarm der Boston Raws. Normalerweise verbringt er seinen Sommer in Hawaii, mit hübschen Frauen auf den besten Partys der Insel. Diesen Sommer führt ihn eine Hochzeit zurück in seine Heimatstadt Provincetown, wo er schnell merkt, dass ihn einiges einholt, was er viel zu lange verdrängt hat.

Ein Kleinstadt-Footballballroman, der eure Herzen erobern wird.

Willkommen in der fantastischen Welt von Jaliah J.

Entdecke viele weiter Bücher, tolle Merchandise Produkte und viel mehr...

 @JALIAHJ

 @JALIAHJOFFICIAL

 @JALIAHJ_OFFICIAL

 JALIAHJ.DE/SHOP

WWW.JALIAHJ.DE